THE MOTION PICTURE

© 2019

Bibliografische Information der Nationalbiblitothek: Die deutsche
Nationalbibliothek verzeichnet diese Publikation in der deutschen
Nationalbiografie; detaillierte bibliografische Daten sind im
Internet unter dnb.dnb.de abrufbar

Herstellung und Verlag: BoD – Books on Demand, Nordersted

ISBN 978-3-8423-6998-6

1

$\mathcal{E}$s war einmal vor langer Zeit, da lebte einmal ein kleiner Drache namens "Babby" in einem hellen Wald. Er hatte eine lila Haut mit gelben Punkten, und da er eine sehr farbenreiche Mähne an seinem Hals hatte, sah er sehr lustig aus. Einige seiner Freunde nannten ihn manchmal "Regenbogen Babby". Das erinnerte ihn an seine Jugendzeit, als er manchmal auf den vielen Sträßchen um seinen Wald herum den Regenbögen folgte und das Ende von ihnen erreichen wollte. Bis ihm eines Tages ein sehr alter Drache erzählte, dass auch er es schon versucht hatte und dass es unmöglich sei.

„Was, er wusste nicht was auf der anderen Seite war?"

Babby lief viele Wege entlang. Während er um seinen Wald herum spazieren ging, betrachtete er in aller Ruhe die Regenbögen, die um seinen Wald herum erschienen. Er bewegte sich mit seinen Pfoten schlurfend auf sein Ziel zu, und er kam ihnen immer näher. Was Babby folgte und mit neuen Farben vor ihm auftauchte, war schon von weitem aus sichtbar und so erstaunlich, dass nicht nur Babby es sich stundenlang ansah. Auch andere fröhliche Tiere wanderten entlang der Wege, die Babby sich aussuchte. Ständig machte er Bekanntschaften, wobei die meisten ebenso wie Babby putzmunter auf der Suche nach etwas waren.

Babby kannte viele Vögel, Adler, Paradiesvögel, Lichtkugeln, Zeitwesen, viele Drachen und andere Tiere. Jeden Morgen befanden sich in Babby's Wald Lebewesen, die mal kurz vorbeischauten. Da war viel am Laufen in dem Wald, einige Tiere konnten sogar durch die Luft fliegen, viele von ihnen sahen wie bezaubernde Engel aus, die auf der Trompete blasen konnten. Und: Es gab viel Freiheit.

Die Luft des Waldes war für unseren süßen Drachen sehr speziell, denn auch er war speziell. Die Energie, die Babby durch neue Melodien in seinem Wald wahrnahm, war so farbenreich wie die Regenbogenmähne, die seinen Hals verzierte. Jeden Tag wanderte Babby entlang der Wege, die sich um seinen Wald herum befanden, bis eines Tages die Sonne von hoch oben herab die Landschaft beleuchtete. Ohne dass Babby vorgewarnt worden wäre, begegnete er einer Drachin und einem Drachen mit geschmeidigen Regenbogenmähnen, die sich um ihre Hälse schlangen. Als die drei vor einem großen Kamin saßen und Babby erzählt wurde, dass es vor ihm schon einmal einen Drachen gab, der versucht hat, den Weg zu einem der Regenbögen zu entdecken, stellte Babby fest, dass es wohl unmöglich sei, den wahren Weg zu einem von ihnen zu finden. Nach vielen Jahren der Suche tauchten immer wieder neue Regenbögen auf. Unglücklicherweise verschwanden die Regenbögen immer wieder und lösten sich auf. *„Babby, Du bist ein kleiner Glücksdrache. Die Regenbögen in Deinem Wald stehen symbolisch für die Träume in Deinem Wald. Alle möchten sie eines Tages kennenlernen, und Du bist in der Lage Dich auf den Weg zu machen".*

Danach fing der Kamin zu knistern an und leuchtete den Raum funkelnd und verspielt an. Babby tappste ausnahmsweise mal mit vier Pfoten aus der Höhle raus an die frische Luft. Die Sonne schien auf seine flatternde Regenbogenmähne.

Babby's Wald war bisher der einzige Wald gewesen, den er kennengelernt hatte. Das Lebensmotto der vielen Drachen lautete:

Spaß jetzt, egal was immer kommen wird,
keine Hetz, sind wir dann mal verschwirrt
Falls denn auch mal irreal,
wenigstens bin ich schon da,

ob genau oder auch nur genial,
immerhin machen wir schnell klar,
was immer noch zu kommen hat,

bleibt verdeckt durchs Licht

was verloren in der Weite matt,
nun entdeckt verwischt das Licht

Obwohl die Drachen wussten, dass sie nicht
sehr gut im Ausdenken von Gedichten waren,
bewegte sich Babby bei Sonne und Mond
durch seinen Teil des Waldes wie ein kleiner
Babydinosaurier und murmelte das Gedicht
vor sich hin. Er kümmerte sich nicht sehr um
den Sinn davon. Sinn war in dem Wald nicht
immer wichtig.

*W*eit entfernt, in dem schönen Süden, wo die Sonne schien und der Himmel hoch war, lebte ein weißes Einhorn. Sie ging jeden Morgen zu einem Bach und säuberte sich vorsichtig in dem nassen, kalten Wasser, das entlang der Wege floss. Es war frisch wie ein glitzernder Strom von unbeschreiblicher Frische.

Nichts konnte kälter, nichts frischer als diese sein. Wie auch immer, sie brauchte diese Frische nicht wirklich. Sie selbst war so frisch, so sauber und ordentlich, dass sie nicht einmal irgendwelche Geheimnisse in sich behalten musste, zumindest dachte sie das.

Wo auch immer sie erschien, strahlte sie um sich selbst herum eine Ruhe aus, die andere Tiere sie eifersüchtig ansehen ließ. Sie war so hell, dass sie in ihrer Umgebung viel Beachtung fand, sowohl unter den Vögeln, den magischen Tieren als auch Musikern. Um sie herum gab es nicht viele Einhörner, sondern nur Pferde. Sie traf sich mit einer Fee, die Klavier spielen konnte, und zu ihren Kunststücken sang sie. Immer wenn sie vor anderen und einem Teich stand, wussten die Zuschauer schon, dass es erstaunlich werden würde. Als sie hinter der untergehenden, roten Sonne stand, trafen sich alle Tiere und hörten ihr zu. Manchmal war ihre Stimme traurig, aber es gab immer Hoffnung. Was sie anderen vorsang, wurde Sinn für ihr Leben. Eines Tages entschied sie sich weit weg zu gehen und andere mit ihren Talenten zu beeindrucken. Sie wollte die Welt verändern. Obwohl die meisten Wälder zu jener Zeit sehr schöne Wälder waren, wollte sie ein paar Orte besuchen, denen es nicht so gut ging. Sie wollte es denjenigen dort ermöglichen so wie sie zu leben und zu lächeln und Wäldern, die sich nicht ineinander verschlangen, zusammenzuwachsen.

Als sie elegant entlang der Bäume schritt, fühlte sie sich sehr traurig und fürchtete sogar, was geschehen würde. Was sie sich nicht denken konnte war, dass es schöner werden würde, als sie es sich hätte vorstellen können, und das ließ sie immer wieder hoffen. Sie erwischte sich dabei ein schönes Lied zu singen, das ihre Hoffnung für die Orte hinter den Bergen ausdrückte, wo die Sonne nicht sichtbar war:

Falls es weg ist,
da 'ne Sonne,
Sie wird kommen,
meine Sonne

Falls es weg ist,
da mein Licht,
was da ward

diese Tat
Falls es weg ist,
ich die Sonne,
ich da komme,
zu der Sonne

meine Tat, was da ward
wird bald
kommen
zu der Sonne

Überglücklich verließ sie ihren Ort, machte ein lächelndes Gesicht und hoffte auf bessere Zeiten in dem Wald, oder auch einfach nur irgendwo anders. Vielleicht wird da etwas auf der anderen Seite sein?" fragte sich sich. Ein paar Schmetterlinge flatterten vorbei, und während sie sich die blühenden Blumen und wachsenden Bäume ansah, erzählten sie ihr von dem Weg, den sie hinter sich ließ.

*Z*eit ging vorbei. In den Wäldern zwitscherten die Vögel, und es schien so, als ob sie sich mit ihrem Gezwitscher verständigen wollten. Es war so einfach für sie, sich miteinander zu unterhalten, dass nebenbei Melodien entstanden.

Die Sonne ging auf, warf ihre Strahlen auf die Oberfläche des Planeten, und als sie ganz oben an der Spitze des Horizonts stand, verschwand sie auch wieder ganz schnell hinter einem der drei Monde, diesmal sogar ganz weit entfernt hinter dem Horizont. Die Sonne wurde immer kleiner, und plötzlich war wirklich alles vorbei.

Die Tiere erkannten nicht, dass ihr Leben und ihre Träume nicht in Gleichgewicht waren. Deshalb ging sowohl oberhalb als auch unterhalb der Höhlen Hektik und Unglück ab. Tiere hatten zu arbeiten, erschöpft zu werden, Energie zu verdienen und waren voll gestresst, um ihren Traum, dass alles so war, wie sie es sich schon immer vorgestellt hatten, aufrechtzuerhalten. Sie träumten von einer Sonnenfinsternis, so wie es ihre Vorfahren in ihrer Vergangenheit getan hatten.

Wenn sie einmal pro Jahr Wirklichkeit wurde und die Sonne dann von einem Mond verdeckt war, so wurde sie dennoch wahr. Viele glaubten nicht, dass es einen mühelosen Weg aus ihrem Unglück, der Sonnenfinsternis, gab. Sie wählten es nicht, denn sie dachten, dass dieser Weg ihnen zu viel abverlangt.

Während der Dunkelheit, die durch eine Sonnenfinsternis über den Planeten einbrach, schliefen die Tiere einen geheimnisvoll erholsamen Schlaf, der unterhalb der Szenerie des Planeten voller Rätsel, Geheimnis, Schatten und Nebel etwas Verborgenes enthielt. In den Wäldern befanden sich verborgene Höhlen, in die sich alle Tiere verkriechen konnten. Bewegung und Selbstausdruck war, was sie dort suchten. Für andere Tiere repräsentierte der Ort vielleicht nur das Wissen zu mehr, das sie ruhig schlafen ließ. Es waren Höhlen, die sich irgendwie vor langem einmal verbunden hatten und nun so sehr zusammengewachsen waren, dass niemand mehr sie auseinanderhalten konnte.

*E*s war dunkel. Nur ein Geräusch in der Distanz deutete an, dass bald etwas passieren würde. Keines der Tiere, die am Rande des Weges schliefen, hätte vermutet, dass es hier geschehen würde. Jeden Tag, jede Stunde, jede Minute, ja, jede Sekunde geschah es und wiederholte sich immer wieder.

Mit jeder Drehung des Planeten war es passiert und würde es sich wiederholen. Von weitem sah es so aus, als würde ein Sonnenblumenkern durch die Luft wehen. Farblos wie der Nebel näherte sich die Saat dem tristen Grau des Lebens und wurde dabei immer größer, bis sie sich wie von selbst in die Erde grub. Je weiter sich der Kern von der Sonnenblume entfernte, desto größer wurde

er. Inmitten Millionen von wirbelnden Staub-
körnern in der Atmosphäre des Planeten fiel
er leicht auf. Der Wind nahm seinen Lauf,
wurde langsam stärker, und mit ihm wurde
die Lautstärke des Geräuschs, das der Sonnenblumenkern hinter sich herzog, immer lauter.
Es konnte nur noch eines gesehen werden: Die
Saat, wie sie sich drehte und etwas in sich
barg, das Leben genannt wurde. Sie wuchs, fiel
von einem Strauch voller Beeren und nahm an
der Zukunft des Lebens teil. Es würde ein
Leben werden, das niemand kannte, bevor es
gelebt wurde. Sobald der Strauch erwachsen
war, würde er an dem Ort bleiben, wo er sich
von selbst eingepflanzt hatte. Während Tag
und Nacht, kalten und heißen Zeiten, leisen
und stillen Winden. Man würde die Pflanze
wachsen sehen, wenn die Umgebung grün, rot
und braun wurde, wenn die Sonne schien und
wenn sie unterging. Wenn der Wind stärker
blies, würde der Stängel der Pflanze stärker
sein und dickere Zweige wachsen lassen.
Wenn es zu wenig Sonne gab, musste der
Strauch schneller und höher in die Luft
wachsen. Nur die Geschichte würde etwas
über die Vergangenheit der Sonne wissen, das
sie erschaffen hatte. Schon ganz oft hatte sich
der Planet gedreht und haben sich drei Monde
überholt. Die Welt mit ihrem Leben war
wunderbar, und Leben wurde von niemandem
besessen, nicht einmal der Sonne. Wer wusste

schon, ob die drehende Kugel im Glanz der Sonne wusste, was passieren würde? Wer kannte ihre Bestimmung, ihren Zielort? Was war im Besitz des Wissens, was passieren würde? Was wusste? Da war nur der Wind, Wasser, ein paar Bienen und viel Glück, das es dem Strauch erlaubte sich zu erneuern. Dann würde das Leben weitergehen, und es war nicht klar, ob es da nicht noch etwas anderes gab, das wusste, wie, wo, wann, was und wieso. Es war wie ein Zufall, dass sie genau hier herunterfiel. Die Ursprungspflanze hatte die Saat zur Existenz kommen und den Kreislauf der Reproduktionen weitergeführt. Was verbarg sich hinter dem Zufall, dass es in diesem Moment geschah?

*V*ögel sangen den Tag über, der Duft der Blumen trug eine spezielle Information mit sich. Es war sonnig, die Entfernung schien unendlich, der Wind versorgte den Tag mit Frische, und da kam sie. Archy hatte viele Erfahrungen während der vergangenen Jahre gemacht, und nun hatte sie zwei Freunde mit sich, die ihr überall hin folgten. Die Katze miaute, der Vogel zwitscherte, und sie sang. Die Information, die sie mit sich trugen, war ein Schatz:

Falls es weg ist,
da 'ne Sonne,
Sie wird kommen,
unsre Sonne

Falls es weg ist,
da das Licht,
was da ward
diese Tat

Falls es weg ist,
wir die Sonne,
wir da kommen,
zu der Sonne

so die Tat, was da ward
wird bald
kommen
zur der Sonne

Es gab nichts zu befürchten, nur Hoffnung. Niemals würde sie sich auflösen wie Seifenblasen, denn sie waren fröhlich. Archy und ihre Freunde, der Vogel und die miauende Katze, lebten sehr gesund. Sie liebten es Sport zu machen, zu tanzen und zu singen. Sie aßen nur, was grün und frisch war, sie waren gesunde Vegetarier. Glücklicherweise waren alle, denen sie begegneten, Vegetarier, es war die „goldene Regel" auf dem Planeten nur grüne und vegetarische Sachen zu essen. Die drei Tiere hatten sich dazu entschieden ihre Erfahrungen aus erster Hand zu machen, und das brachte sie von einem Ort zum anderen. Immer waren sie auf ihrem Weg, sangen, schliefen, wachten auf und träumten.

*I*n einer Höhle lebte eine energiegeladene Frau, die sehr geliebt wurde. Sie hatte ein farbenreiches Kostüm, kochte sehr gut und liebte es zu helfen. Ihr Name war Summody.

Sie stand vor ihrer Hütte in dem Wald, hob ihren magischen Stab und hätte gerne ein paar Häschen hervorgezaubert. Ihr Wissen war einzigartig. Sie konnte während Zeremonien andere Tiere anziehen. Vögel flogen um sie herum. Ein Adler beschützte ihre Hütte. Er sah schon von weitem, wenn jemand sie besuchen wollte. Er flog über Bäume und landete neben jedem Tier, das vom Weg abgekommen war. Dann führte er es wieder zurück auf den richtigen Weg. Summody machte Bekanntschaften mit den Tieren, die der Adler traf, ein paar von ihnen besuchten sie später noch einmal und unterhielten sich tiefgründig mit ihr.

Einige verließen ihre Wege absichtlich. Dann sprachen sie mit dem Adler. Sie fragten ihn nach dem Weg zu Summody's Hütte.

Summody wollte ohne wenn und aber geliebt werden. Manchmal nahm sie den falschen Weg, doch immer hatte sie eine direkte Verbindung zu ihrem Adler, der in der Nähe von ihr durch die Luft flog. Er war ihr Beschützer. Er flog sogar, wenn der Tag heiß oder die Nacht kalt war. Die Tiere mochten sie, und sie mochte es in dieser Position zu stehen. Von Zeit zu Zeit bemerkte sie, dass etwas nicht wirklich wahr sein konnte und dass es etwas geben musste, das sie davon abhielt die Wahrheit zu erfahren. Eines Tages, als Summody mal wieder vergnügt durch den Wald ging und davon überzeugt war, dass etwas ganz besonderes passieren würde, war es sehr windig, und der Adler, der gewöhnlich in einiger Höhe über Summody's Kopf glitt, hatte Gegenwind, also entschied er sich wegzufliegen und umzukehren. Der Adler war also nicht mehr bei ihr. Er versuchte ihre Aufmerksamkeit auf sich zu lenken, doch sie war schon weit weg. Sie schaute nicht in dem Himmel und sah nicht, ob er noch da war. Erst als sie tief in einem unbekannten Wald stand bemerkte sie, dass ihr niemand mehr folgte. Der Adler war traurig, gab die Hoffnung jedoch nicht auf.

Summody war fröhlich, für das erste Mal in ihrem Leben konnte sie dahin gehen, wohin sie gehen wollte. Alles war so neu für sie:

- Die Wege, die sie bisher noch nicht kennengelernt hatte.
- Die Tiere, mit denen Sie bald Freundschaft schließen würde.
- Die Pflanzen, deren Blüten sie bisher noch nicht wahrgenommen hatte.
- Deren ganz eigene Natur, die ihr unbekannt war, ließ sie ihren Weg gehen.

Eine Weile lang lernte sie Pflanzen kennen, die ihr in einem seltsamen Licht begegneten. Summody hatte also immer noch etwas in sich, das sie wundern ließ, was es war. Oft ging sie durch die Dunkelheit und betrachtete die Sterne und den Mond in der Dunkelheit. Glitzernde Sterne waren im Himmel überall, und auch drei Monde. Eines Abends schaute Summody in die untergehende Sonne und betrachtete den Mond, der sichtbar wurde. Alle Wolken im Himmel wurden im Dämmerlicht rot angestrahlt. Der Wald sah aus wie ein glitzernder Abenteuerspielplatz, der von funkelnden Glühwürmchen, die durch die Luft flogen, beleuchtet wurde.

Eine Sternschnuppe näherte sich dem Planeten und Summody stand inmitten von Sonnenblumen. Sie hörte etwas. Als sie sich umdrehte konnte sie einen Punkt, der auf sie zukam, erkennen. Sterne, Monde, Horizonte, Sonnen, Träume, Natur, Hoffnungen, alles auf einmal.

Sie träumte keinen Traum mehr, als der Punkt größer und größer wurde. Sie dachte, sie würde halluzinieren, welches ein Wort war, das sie von einem ihrer Freunde beigebracht bekommen hatte. Sie war sich nicht sicher, ob das, was sie sah, eine Halluzination sein könnte. Vielleicht hatte sie auf ihrem Weg zu viele Beeren gegessen, doch nun wartete sie darauf, was auf sie zukam.

S o schön wie die Sonne reiste etwas durch alle Galaxien auf einmal. Es passierte Planeten und strahlte eine Energie aus, die nicht allem, das es begegnete, sichtbar war. Die Energie war eher versteckt und konnte sich selbst verschwinden und erscheinen lassen. Flynn war ein digital blitzendes Licht, das keinen anderen Sinn hatte als Falsches in dem Universum, in dem es arbeitete, zu reparieren. Es konnte seine Realität verändern und durch Zeiten reisen. Obwohl es viele Berechnungen für Flynn brauchte, um die möglichen Wirklichkeiten zu entdecken, die es in einem multiwahrscheinlichen Universum gab, brauchte es nur einen kurzen Gedanken, und seine Umgebung änderte sich zu der

Wirklichkeit, von der es in jenem Moment träumte. Es gab viele unterschiedliche Wirklichkeiten, aber nur eine konnte in der dritten Dimension gelebt werden. Die unterschiedlichen Wirklichkeiten im Universum wurden Realität genannt, von den Engeln, die um die vielen Luftschlösser herumflatterten. Die Erscheinungsformen der Engel waren die Wirklichkeiten, durch das sich das Lichtwesen bewegte. Das Bewusstsein der Engel war so gut versteckt und von den anderen getrennt, dass niemand die anderen Dimensionen zur selben Zeit entdecken konnte. In seiner Vergangenheit hatte das Lichtwesen viele Erfahrungen gemacht. Es war nicht immer ein Lichtwesen gewesen. Es war im Besitz vieler Informationen, kannte alles Wissen von All-Das-Ist, kannte andere, die genauso lustig waren wie es selbst. Flynn's Sinn wurde wissenschaftlicher als real, also suchte es nach einem neuen Sinn in seinem Leben. Es wollte den Wesen ihren Weg zu ihren Ursprüngen zeigen, zu ihrer wahren Seele, dem echten Sinn von allem. Flynn wandelte einige seiner Energie um, damit in der dritten Dimension das, was es tun wollte, auch für andere sichtbar wurde. Es war schon dunkel, als es die Oberfläche des Planeten berührte. Flimmernd entdeckte es seine neue Umgebung und wusste, was es tun würde. Alle Berechnungen waren schon gemacht, da gab es nichts, das anders sein könnte, außer für andere Wirklichkeiten, die es nicht berechnet hatte. Es gab viele von ihnen, aber es gibt nur eine Geschichte zu erzählen. Es war eine sehr schöne Nacht, alle Wolken im Himmel wurden von der roten Sonne angestrahlt, der Wald sah so ähnlich aus wie ein glitzernder Abenteuerspielplatz, der von funkelnden Glühwürmchen beleuchtet wurde, die durch die Luft flogen.

Irgendwie fühlte sich das Lichtwesen daran erinnert, es konnten auch nur ein paar Störungen im energetischen, bewussten Austausch in der Umgebung gewesen sein, und vielleicht war alles nur eine Illusion. Eine Sternschnuppe näherte sich dem Planeten, und das Lichtwesen grüßte das Bewusstsein von all den Atomen, die das möglich machten. Sie grüßten zurück, indem sie etwas Energie zurück an Flynn transferierten. Das Lichtwesen näherte sich einem Feld voller Sonnenblumen, dem Zielort von allem, das es zu tun hatte. Da stand sie, die erfahrene Frau, die seine Hilfe brauchte. Ihr Schicksal musste geändert werden, und nun würde es Flynn auf einer bewussten Ebene tun, denn Summody's Traumwelt würde kollabieren, wenn sie mit ihrem Weg fortfuhr. Frühere Kommunikationen zwischen ihr und dem Lichtwesen durch ihre Seele konnten nicht ausgeführt werden, da sie Alpträume während der letzten paar Tage hatte. In ihren Träumen jagten sie Tiere in ihrem Wald, in dem sie einmal gelebt hatte, und je mehr sie versuchte nicht von diesen Tieren zu träumen, desto schlimmer wurden ihre Alpträume. Sie wurde von ihrem Potential ihrer Seele durch Verdrängung getrennt. Daher war das Lichtwesen hier, genau jetzt, da, wo sie in direkte Verbindung mit dem treten konnte, was es repräsentierte: um ihr den Weg Richtung Licht und mehr Erstaunen, als sie es schon erlebte, zu zeigen. Als Summody ihren Arm in die Richtung des Lichtwesens, das sie vorher noch nie gesehen hatte, streckte, war sie von der Schönheit der Strahlen erstaunt. Sie waren gleichzeitig lila und gelb, und beide Strahlen war sehr schnell am Flimmern. Als sie nach ihnen griff, wurde das Flimmern schneller und Summody's Finger wurde von einem lilanen Licht angeleuchtet, an der Spitze des Fingers wandelte sich die Farbe des Fingers zu gelb. Da gab es nichts zu erzählen, plötzlich war alles klar: Ihre Zukunft wurde geändert, und da gab es nichts zu zweifeln. Als das Lichtwesen verschwand, machte es ein kurzes Geräusch von Licht, ein unbeschreibliches Geräusch, das nicht erklärt werden kann. Es nahm Summody für einen kurzen Moment mit in eine andere Dimension, in der sie durch Zeit und Raum flog. Als sie wieder auf dem Boden ankam, hatte sie eine Entdeckung gemacht. Bald würde Summody vielen Tieren erzählen, was sie gelernt hatte. Flynn war wieder zurück auf seinem Weg, und machte andere im Universum fröhlich. Schneller als Licht flog es von einem Ort zum anderen. In der Unendlichkeit des Universums lebte es für immer weiter. Alles ging seinen Weg, Flynn hatte Summody's Weg geändert, und sie war nun eine gewandte Rednerin. Nicht länger war Summody nur eine Frau, die nicht wusste, dass sie fliegen und landen konnte, hätte sie es nur gewollt.

*A*lles schien immer wieder auf der Suche nach etwas Neuem zu sein, denn die Tiere mochten neue Begegnungen mit ihnen bisher unbekannten Tieren. Manchmal bewegte sich Babby unter einem der unterschiedlichen Bäume entlang und lernte dabei, wie zufällig, immer wieder neue Tiere kennen. Eines Tages begegnete er etwas, das er nicht beschreiben konnte. Es hörte sich ein wenig wie ein Klimpern an, es wurde lauter, doch als das Klimpern verschwand, konnte er nicht wirklich verstehen und glauben, was er in der Ferne flüstern hörte:

Du bist der Träger Kindertraum
erblühst in göttlichem Vertrauen,
entdeck' des Wunders einzig Raum,

unendlich Leben im Vertrauen

...Babby dachte sich seinen ganz eigenen Teil über diesen Unsinn in seinem Wald.

*W*ie so viele andere auch war Babby ein spezieller Drache. Er konnte blaue Blasen aus Wasser machen. Kleine Kugeln stiegen aus seinem Mund hervor, Ovale, er konnte sogar Dreiecke oder Würfel machen, die durch die Luft flogen. Wenn die Engel miteinander spielen wollten, wurden sogar die Trompeten der Engel so bunt wie Babby's Regenbögen, die vor ihm erschienen. Wenn sie Trompeten bliesen, stiegen aus ihnen Töne und Farben hervor, die voller Energie waren wie auch die Erlebnisse, die Babby erlebt hatte. Als die Wasserblasen sich leicht wie die Luft nach oben bewegten, glitzerten sie und verloren sich in der Weite. Wenn sie platzten, machte es platsch, und man konnte blaue Regentropfen auf den Boden rauschen sehen. Sie landeten vor seinem See. Die Engel liebten Babby, da er sie unterhalten konnte, indem er auf seine eigene Art und Weise Wasserblasen spie. Die Reflektionen der Engel in den Blasen ließen sie immer mehr eine Erscheinung werden, als sie es sowieso schon waren.

$\mathcal{D}$er See wurde von einem Wasserfall gespeist, rauschend fiel das Wasser immer schneller nach unten. Alle Tiere in dem Wald wussten, dass die Engel ihre Trompeten nur dazu verwandten um sich selbst zu verteidigen oder um andere Engel zu warnen. Nur manchmal waren die Engel so fröhlich, dass sie Musik machten, und natürlich wusste jeder, dass es da nichts vor den Blasen, die Babby machte, zu befürchten gab. Manchmal wurden die Engel ein wenig verrückt und bliesen die Trompeten so unharmonisch und schrill, dass seine Blasen alle auf einmal platzten. Babby musste sie nochmal machen, und obwohl das dauerte, hörte er nicht mehr damit auf, denn die Engel mochten das. Je mehr sie seine Wasserblasen bestaunten, desto mehr vergaß Babby die Zeit. Glücklicherweise flogen die meisten seiner Blasen nicht weit weg. Wenn eine Blase dabei war den Berg zu überqueren war der Wind so stark, dass sie sich auflöste und ein Echo auslöste. Von einem Berg aus kugelten kleine Humpty Dumptys hinunter. Kuller, kuller, kuller. Während sie sich drehten und rollten, schienen sie immer kleiner und unwichtiger zu werden. Babby spie seine Wasserblasen in den Wind, der sie mit Leichtigkeit fortbewegte. Die Engel wurden verrückt und bliesen die Trompeten so unharmonisch und schrill, dass alle Blasen, die Babby vor seinem Wasserfall in die Ferne gespien hatte, auf einmal zerstört wurden.

*E*ines Tages, als Babby seinen Ort verlassen wollte, da er über die Engel verärgert war, die seine Blasen zerstörten, blockierten sie seinen Weg.

Sie waren nicht nur dafür verantwortlich, das Wasser zu bewachen und darauf zu achten, dass jedes Tier sich am See korrekt verhielt. Sie hatten auch Babby zu bewachen. Zu oft hatte er sich einen Spaß mit Feuer speienden Drachen erlaubt, die in seinem Wald gefährlich aussahen. Er hatte sie mit seinen Blasen so sehr verwirrt, dass sie sich sehr bald über ihn beschwerten. Je mehr sie sich beschwerten, desto weniger mochten sie ihn, und je mehr sie sich beschwerten, desto weniger mochte er sie, und bald machte es länger keinen Spaß mehr, mit ihnen auf einer grünen Wiese zu spielen. Schon vor einiger Zeit hatten sie ihn eingesperrt, er hatte gut bekannten Regeln zu befolgen, die sogar den jüngsten Tieren in dem Wald beigebracht wurde: *Beschwere Dich nicht ohne Grund* war eine von ihnen. Jeder, der den Regeln des Waldes nicht gehorchte, musste bestraft werden, da gab es keine Gnade, egal wie friedlich das Opfer war. Alle Tiere in dem

Wald folgten dieser Regel, und daher war es nur fair, dass es auf diese Art und Weise geschah. Immer noch konnte Babby von den anderen Tieren besucht werden, aber niemand von ihnen fragte sich, weshalb Babby dazu in der Lage war, so zufrieden gucken, wenn er vor einem Wasserfall saß, umgeben von einem Holzzaun und bewacht von Engeln. Babby war der einzige, der eingesperrt war, die anderen Tiere lebten natürlich ein freies Leben in ihrem Wald. Babby hatte seine Blasen, sie hatten ihre Melodien, ihre Fantasien und Träume. Niemand würde Babby helfen, wenn er traurig war. Alle Tiere hatten Regeln befolgt, die ihre Vorfahren entwickelt und an ihre Nachfahren über Jahrhunderte weiter-gegeben hatten. Zumindest erzählten das die vielen Engel. Deshalb würde sich da auch nichts ändern.

Babby ließ die Hoffnung auf die nächste Traube Blasen weiterleben. Er wurde darin die ganze Zeit besser. Er spie lustige Muster aus Wasserblasen in die Luft, machte kleinere und größere, und die großen flogen schneller als die kleinen. Die Engel fanden sie wirklich schön. Babby's Blasen trugen ihn durch die Fantasien von etwas mehr.

*B*ei Babby war nun Nacht. Da war keine Sonne mehr. Der Mond war aufgegangen. Trotzdem konnte vermutet werden, dass sich irgendwo eine Lichtquelle befand. Niemand wusste wirklich, was es war. Babby saß vor seinem Wasserfall und ihm fiel auf, dass seine Suche von Erfolg gekrönt werden würde. Es fing leise zu klimpern an. Babby erinnerte sich daran, wie er durch einen Teil des Waldes geschlurft war und dabei auf seine drollige Art und Weise gesungen hatte:

es scheint zu sein ein Kuss, der reiche
erscheinen tut er auf der andern Seite
ich fürcht' ihn nicht einmal bei Regen,
nicht einmal falls er dann ein Segen

und das war Segen. So unglaublich es klingen
mag: der Mond ging unter. Er hob sich so hell
vom Horizont ab, so dass er sogar tagsüber am
blauen Himmel sichtbar war. Mit seinem
Untergang tauchte er auf der anderen,
schwarzen Seite des Planeten wieder auf.

$\mathcal{A}$ls Babby vor dem Wasserfall saß
entdeckte er seine Fähigkeit Feuer zu spucken.
Anfangs war es nur ein kurzes Husten, von
dem er befallen wurde, er fühlte sich ein wenig
wie jemand, der Schluckauf hatte. Hicks.
Babby nahm im Wasserfall, der von der Spitze
des Berges herunterfiel, eine Dusche, und
seine Regenbogenmähne wurde nass. Als er
für einen Moment in der Morgensonne seine
Mähne trocknete, erschien direkt vor seinen
Augen ein Regenbogen, und Babby war schon
da. Plötzlich, als die beleuchteten, roten
Wolken sich im Himmel verdichteten, machte
unser süßer Drachen das erste Mal seine erste
Feuererfahrung. Eine gigantisch große Feuer-
welle bestritt ihren Weg in Richtung Himmel,
da, woher der Wasserfall herkam. Babby's

Drachenenergie, die schon immer in ihm geschlummert hatte, erwachte. Der Wasserfall verdampfte mit einem Schlag, tausend kleine Tropfen breiteten sich aus. Sie bewegten sich durch den Wind getragen in Richtung Himmel, ein paar von ihnen waren kleiner und ein paar größer. Kleine Wasserwolken, die sich nach kurzer Zeit auflösten, folgten ihren Spuren. Als die Blasen näherkamen waren die Engel so sehr von dem, was sie verstanden, schockiert, dass sie ihre goldenen Trompeten bliesen. Eine strenge Melodie kam heraus, und alles löste sich auf. Nun gab es neue Schönheit und neue Sachen zu entdecken. Hinter den Wolken konnte Babby nicht nur einen Regenbogen sehen, nun sah er zwei, drei, vier, fünf, sechs, sieben, acht, neun, zehn, zwanzig, dreißig, vierzig, fünfzig, sechzig, siebzig, achtzig, neunzig, zweihundert, vierhundert, sechshundert, achthundert, tausend Regenbögen. Es waren immer noch nicht genug für ihn. Die neuen Regenbögen verdeckten die alten.

Summody lief durch einen Wald und fühlte sich nicht nur durch die Kräuter und Blumen, die sie den Tag über freudig gesammelt hatte, wie in Trance. Sie machte die ganze Zeit neue Entdeckungen, ihr fiel so einiges auf, und dann wurde sie auch noch hungrig. Die helle Sonne war erst vor kurzem untergegangen. Sie stand vor einem Strauch voller Beeren, und sie pflückte gerade ein paar von ihnen, als sie plötzlich...

so die Tat   *Tat*   *Tat*

was da ward   *ward*   *ward*

wird bald kommen   *kommen*   *kommen*

zu der Sonne   *Sonne*   *Sonne*

...durch den stillen Wald neben dem Beerenfeld neben den Sonnenblumen hallen hörte. Glücklicherweise kam sie an einem offenen Feuerplatz an, wo sie bald einschlief. Als die Sonne aufstieg, war eine Art Hahn um den Feuerplatz der Tiere gewandert und hatte ein paar Sonnenblumenkerne aus einer Sonnenblume gepickt. Er war stolz und stand in der Mitte des Platzes und weckte die anderen Tiere auf: „*kikerikikiiii!*"

Bald kamen drei Hennen am Feuerplatz an, die herumflatterten, und dann erreichten immer mehr Tiere den Platz, und als er voll war lernten sie sich kennen. Essen wurde herumgetragen und Informationen wurden verteilt. Dann holte ein Tier einen Holzstab hervor und fing in der Mitte der Versammlung zu sprechen an. Nach der Rede gab es den Holzstab weiter, und so weiter und so fort, als endlich, ganz zufällig, Summody die Gelegenheit erhielt zu sprechen. Was sonst konnte passieren, sie sprach über das Universum! Nun wird es echt verrückt, aber glücklicherweise wussten alle Teilnehmer in der Geschichte, dass Realität etwas Relatives ist, und niemand sprach ernsthaftes Zeug an diesem Tag, also war es in Ordnung. Insgesamt erzählte sie: *„Bewusstsein durchdringt mit Hilfe von seelischen Beziehungen Atome, Molcküle, Galaxien, Milchstraßen und kann die Form und Gedanken anderer Lebewesen beeinflussen. Wären wir auf andere Dimensionen der Wirklichkeit eingestellt, könnten wir erfahren, dass unsere Überzeugungen, denen wir anhängen, unsere Realität erschaffen"*, und sie machte damit stundenlang weiter. Sie sprach über Wiedergeburt, welche Auswirkung unser Denken auf unser Handeln hat, was Schlaf, Traum und Bewusstsein bedeuten. Sie redete über Beziehungen, Weiblichkeit und Männlichkeit, über beste-hende als auch zukünftige Zivilisationen, Symbolismus, Brennpunkte, sich abwech-selnde Wirklichkeiten und Götter. Am Ende befanden sich alle Tiere auf einer anderen Ebene als zuvor. Die Hennen blökten, die Schafe gackerten, die Hunde miauten, die

Katzen bellten, die Vögel beobachteten und die Adler zwitscherten.

S ummody hatte sich erst aufgewärmt. Mit ihrer Stimme fuhr sie ruhig zu sprechen fort: *„Alles besitzt Bewusstsein. Alle können in Träumen Kontakt zu kleinsten Teilchen aufnehmen. Auch wenn es uns so erscheint, als müssten wir danach suchen: Das Wissen um all das ist IN uns".*

Sie hätte über Stunden fortfahren können, doch die Tiere hatten langsam Schwierigkeiten ihr zu folgen. Immer noch blökten einige Tiere vor sich hin und waren am Rotieren. Die Sonne war schon am untergehen. Die Zeit verging, langsam hörte sie ein Ticken in der Ferne, kleine Humpty Dumptys mit tickenden Zeigern krochen aus ihren Höhlen hervor und erschienen an der Oberfläche. Die Tiere hatten zu wenig Zeit. Nachdem einige Tiere endlich ein paar Lieder auswendig gelernt hatten, waren sie in der Tat in der richtigen Stimmung um zusammen Spaß zu haben und so gesund wie niemals zuvor ihr Leben zu genießen. Einige Tiere tanzten, und je mehr sie sich bewegten, desto näher kamen sie dem Zustand ekstatisch durch die Luft zu fliegen. Eine flatternde Eule flog über den Ort hinweg, und während das Geräusch ihrer Flügel in der

Ferne leiser wurde, waren viel mehr Sterne als vorher sichtbar. Die Versammlung löste sich auf.

$\mathcal{A}$rchy und Summody entdeckten ihre Gemeinsamkeiten. In ihrer Vergangenheit hatten sie dieselben Erfahrungen gemacht: Ungeheilte Wunden in den Wesen auf dem Planeten war das, was sie bewegte, und nun waren Summody und Archy im Besitz von Wissen, das sie verbreiten wollten, um den Planeten so glücklich wie noch nie werden zu lassen. Es würde möglich werden ein Gleichgewicht aufleben zu lassen, Traurigkeit zu verhindern und Leben zur Blüte zu bringen. Als Archy Summody fragte, ob sie mit ihren zwei Freunden mitkommen wolle um die Welt zu verändern, antwortete Summody nur, dass sie denselben Weg gegangen war, den sie nun nehmen würden. Von ihrer eigenen Erfahrung her könne sie sagen, dass sie an einem Punkt angelangt sei, an dem sie ihr nicht folgen wolle. Den Weg, den sie nehmen würde, würde sie emotional zu einem Sog zurückbringen, der sie immer mehr zu sich ziehen würde. Dieser Sog würde sie immer mehr daran erinnern, was sie getan hatte, als sie vor langer Zeit ihre Heimat verlassen hatte. Nun würde sie wieder zurück zu ihren Ursprüngen zurückkehren, dorthin, wo der

Adler und die Männer wohnten, die sie vermissten. Während der Nacht hatten einige Tiere Erkenntnisse über den Planeten und sein geheimes Wissen, das er wie verschlungen in sich behielt. Das knisternde Feuer war schon seit langem nicht mehr hörbar, und da war er wieder, der stolze Hahn, der unausgeschlafene Spaßvögel anlockte. Es war Morgen.

*B*ald gingen Archy und ihre beiden Freunde, die Katze und der Vogel, in unterschiedlichen Wälder. Jeden Tag erreichten Archy und ihre beiden Freunde singend, miauend und piepsend neue Orte. Wenn Archy und ihre Freunde den anderen Tieren von ihren Erlebnissen erzählten wurden sie vertrieben, weil man annahm, dass es ihre Absicht sei, Uneinigkeit zu säen.

Wegen der Ungläubigkeit der vielen Tiere in den Wäldern beschränkten sich die drei darauf den Tieren nur ein wenig davon zu erzählen, was für sie mehr bedeutete als alles andere. Weil das wieder niemand glauben wollte, befanden sich ein singendes Einhorn, ein fiepender Vogel und eine miauende Katze auch schon wieder auf ihrem Weg in einen neuen Wald.

*D*er Vogel, der Archy begleitete und der mit der Katze gemeinsam auf dem Weg Richtung Sonne war, tat nichts anderes als ihre Lieder trillernd von einem Ort zum anderen zu tragen. Während er von einem Baum zum anderen flog und Archy und die Katze vor ihm entlang des Weges in die Richtung der Sonne liefen, übersetzte er ihr Gedicht in die melodiöse, piepsige Sprache der Vögel:

Falls es weg ist,
da 'ne Sonne,
Sie wird kommen,
unsre Sonne

...triller, triller, triller, pieps, pieps, pieps.

*E*ines Tages kam Archy mit ihren zwei Freunden in einem sehr speziellen Wald an. Die Sonne hatte den halben Tag gebraucht, um an der Spitze des Himmels zu stehen, und die Vögel sangen in etwa so etwas: "*Wir hoffen, dass sie nicht auf uns fällt*".

Archy grüßte alle Vögel, ein paar waren blau, ein paar gelb, ein paar grün, ein paar bunt. Farben schienen in dem Wald nicht von

Bedeutung zu sein. Jedes Tier mochte das andere Tier, und es kam nicht auf das Anpassungsvermögen an, denn durch die Fröhlichkeit, die jedes Tier verbreitete, waren sie glücklich. Es war wie ein eigenes Biotop, das in diesem Wald vor langem einmal entstanden war, und das ohne Regeln funktionierte. Da gab es einen Drachen, der sehr lustig aussah. Er spuckte auf eine spezielle Art und Weise Feuer. Die Flamme war nicht gelb, sondern orange und blau, und seine Haarfarbe war die von einem Punker. Da war nur noch eine fehlende Clownsnase, die ihn einen Star hätte werden lassen, doch er war es nicht. Er war bloß ein Feuer spuckender Drache.

„Lasst uns Babby besuchen, es wird schon dunkel", sagte er. Er pflückte ein paar Blumen, und dann liefen alle vier dem Sonnenuntergang entgegen.

Ein bisschen später kamen sie an einem Wasserfall an. Dort sahen Archy und ihre Freunde für das erste Mal in ihrem Leben Engel. Der Wasserfall machte ein zischendes Geräusch, und es gab ein Chor Trompeten. Babby spie Dreiecke und Würfel in die Luft. Plötzlich nahm Babby etwas in einem anderen Licht wahr. Die Blasen waren verschwunden, und da war nur er und etwas Weißes. Ein helles Einhorn, das er niemals zuvor in seinem

Leben gesehen hatte. Ein helles Einhorn, das mit seinen Blasen zu spielen anfing, seinen sehr eigenen Blasen, den Blasen, die in die Luft gingen. Es war eine Energie-Erfahrung, wie er sie niemals zuvor erfahren hatte, und falls Babby nicht so viel Wasser in seinem Hals gehabt hätte, hätte er vor Freude Feuer gespuckt. Er hätte gerne eine Herz-Blase gemacht, aber noch nie hatte er das getan, und so wurde es nur eine riesige Blase. Sie lächelte ihn an, und es schien etwas zu beginnen, das definitiv die Geschichte verändern würde. Sie drückte ihr Einhorn gegen die Blase, und sie platzte.

*D*reitausend Meter in die Tiefen intuitiven Wissens fiel Babby. Er musste nicht denken, er musste nicht glauben, er musste nicht fühlen, er musste nicht anfangen, er war einfach da, wo alles angefangen hatte. Er fiel weiter, und je weiter er fiel, desto schneller fiel er, desto mehr erlebte er, was es bedeutete, von einer Episode zur anderen zu fallen. Eine Episode, die noch nicht aufgehört und angefangen hatte, eine Episode, die das Zwischendrin repräsentierte und nicht gelesen werden musste, sondern nur gehört.
Sein Herz pochte laut, er dachte, es würde niemals aufhören. Bumm. Das Echo war da, nur ein paar Zentimeter von ihm entfernt. Das

war der Widerhall der Trompeten in all seinen Träumen. Die Blasen, die durch seine Erinnerung flogen, nahmen alles, was sie bekommen konnten und ließen die Welt eine schimmernde Erfahrung werden. Er flog durch die Vergangenheit, die Zukunft und alle Hoffnungen auf einmal. Er sah die Bäume, den Wind, den Planeten, die Sonne, die Sterne, die Monde, das Universum und die Galaxie. Endlich kam er dort an, wo er sein wollte.

In den Armen seiner Mutter wurde er vor seine Ängsten beschützt, er war dort, wo sie war, er war da, hier, im Jetzt, am Ursprung. Die Arme hielten ihn fest. Er setzte seine Reise fort, entlang seiner Mutter, seinem Vater, seiner Familie, lieben und bösen Freunden, bis er endlich zeitlos auf der anderen Seite ankam, wo das Einhorn stand, eingehüllt in die Blase, die sie gerade gedrückt hatte. Die Blase löste sich in tausende kleinere Blasen auf, die nur eine Reflektion dessen waren, was er erlebte. Je näher er ihr kommen wollte, desto mehr wurde er weggesaugt. Ein Strom von Wasser schloss ihn von seinen Erlebnissen aus, und plötzlich war er wieder zurück.

Leben hatte wieder begonnen, und das einzige, was er sah, war das weiße Einhorn, das gerade eben diese unwiederbringlich vergangene Erfahrung ausgelöst hatte.

*D*iejenigen, die glücklich zu sein schienen, wurden durch ihre Empfindungen wieder zurück in ihre Alpträume, zu ihren Abhängigkeiten katapultiert. Es passierte manchmal, ein- oder zweimal pro Jahr, und diesmal passierte es, wieder einmal. In der Wäldern gab es inzwischen immer mehr Tiere, die sich in ihre Höhlen begaben um sich auf die Suche nach Schatten zu begeben. Über den Bergen jedoch befand sich ein sonniger und heller Ort, der schon von weitem aus sichtbar war. Manchmal war die Energie der Sonne, die den Ort bestrahlte, farbenreich, manchmal war sie ein Strahl, der einen Bogen formte, manchmal erschien sie, manchmal löste sie sich auf, manchmal war sie ausschließlich schwarz, manchmal war sie ausschließlich weiß, manchmal strahlte sie eine Energie aus, die nur einzelnen sichtbar war, die darauf eingestellt waren, manchmal repräsentierte sie reine Anhänglichkeit, doch niemals war sie im Gleichgewicht. Manchmal war sie nur ein Traum. Der Ort zog viele Tiere an. Sie befanden sich nun auf einem der Wege. Der Ort war so hell, dass alle von ihm träumten. Wenn sie träumten, dass sie dorthin fliegen könnten, konnten sie es. Der Ort unterstützte jeden darin einen Weg zu Schlaf, Träumen, Ideen und Hoffnungen zu finden. Je mehr von dem Ort träumten, desto wirklicher wurde er, und desto mehr konnte man ihn über den Bergen sehen. Es schien so, als ob der Ort dafür zuständig sei, die Träume der Tiere Wirklichkeit werden zu lassen. Je mehr Tiere an ihren Traumort dachten, desto mehr wurde er von Engeln umgeben. Wege, die sich um den Ort herum befanden, wurden heller. Die Tore des Schlosses öffneten sich und auf einmal erschienen aus dem Nichts Engel. Durch die Energie der anderen Tiere war es für sie möglich ein Leben in Unendlichkeit zu leben. Coopa beschützte ihre Träume. Er glaubte an die Engel und wusste, dass sie sein Gegenstück waren. Sie würden sich um ihn kümmern, sobald er ihre Hilfe bräuchte, denn sie waren seine Anhänger, die sich auf die Suche nach ihm begeben hatten. Unglücklicherweise waren die Engel und Coopa so gleich, dass die beiden Hälften schwer zusammenpassten. Sie waren so gleich, dass sie so wenig zusammenpassten, als würde man versuchen zwei identische Apfelhälften zu einem Apfel zusammenzufügen. Obwohl die Engel ihr Bestes versuchten, flogen sie von ihrem Ursprung weg, wenn sie versuchten näher ans Schloss zu kommen. Jedes Mal, wenn die anhänglichen Engel dachten, dass sie ihn in seinem Schloss gefunden hätten, fanden sie einen neuen Weg, einen Weg zu einem neuen Schloss, das am Anfang nicht mehr als eine einfache Wolke war. Sie folgten dem Weg bis zur nächsten Wolke, bis sie dachten, sie hätten ihr Ziel erreicht. Dann verschwand die Wolke wieder. Obwohl das Luftschloss von Coopa immer wieder von Wolken verdeckt wurde, folgten die Engel seinem Weg, und immer wieder zeigten die Engel ihren Anhängern den Weg. Sie sahen einen Sinn darin den anderen ihren Weg zu zeigen. Ohne ihn würden sie nicht existieren. Zusätzlich besaßen sie ein Wissen darüber, wie man im Einklang mit der Natur leben konnte. All dies zeigte ihnen, dass Coopa existieren müsse. Es schien so, als ob sich hinter den Wolken ein Luftschloss befinden würde. Dann schauten ein paar Tiere in die Luft und zeigten in den Himmel. Sie sagten dann: „Überall!". Dort, wo sie hin zeigten, war Coopa, und er kümmerte sich um alle, manchmal auch nicht, denn sie waren Teil eines Größeren Ganzen. Coopa brauchte die Tiere genauso sehr, wie sie ihn brauchten. Sie mussten darauf achten, dass alle Tiere, die schon auf ihrem Weg zum Schloss waren, niemals wieder in ihrem Leben ihren Weg, den sie schon eingeschlagen hatten, verlassen würden. Je näher die Tiere auf ihren Wegen dem Schloss waren, desto mehr Engel flogen um die Anhänger herum und bewiesen den anderen mit ihrer Fürsorge und Aktionen, dass der Weg der richtige war. Innerhalb des Schlosses lebten Tiere, die von fliegenden Engeln beschützt wurden. Diese Tiere hatten ihren Weg gefunden, und obwohl der Platz innerhalb des Schlosses wegen der Wolken ein dunkler Ort war, genossen sie ihr Leben, denn wann immer sie Coopa benötigten, war er für sie da und mochte es, etwas von sich mit ihnen zu teilen. Der Traum der Tiere war der Traum ein Leben der Unendlichkeit zu leben, das von Engeln beschützt wurde. Die Engel liebten Coopa genauso sehr dafür, dass er ihnen seine Geschenke gegeben hatte, wie Coopa sie dafür liebte, dass sie sich mit seinen Träumen gesegnet hatten. Das Geschenk Coopas war ein Schloss. Schlösser enthielten den Planeten, Welten, auf denen Tiere und Pflanzen lebten. Die Coopa liebten, weil Coopa ihnen seine Liebe in ihren Schoß gelegt hatte. Es war der Ort, von dem Archy träumte, der eine, helle Ort des Ursprungs. Der Ort, den Archy vielleicht eines Tages erreichen würde.

Coopa erlaubte einem seiner weißen Einhörner das Innere des Luftschlosses zu verlassen. Das, was von hohen Mauern umgeben
war, war dunkel. Sogar dann, wenn keine
Wolken am Himmel standen. Jetzt hatte sich
eine Einhörnin auf einen Weg hinaus begeben,
und nachdem sie aus einem Tor geschritten
war, beschleunigte sie. Sie spürte immer die
Sonne und wusste von dem Weg, den sie
gehen würde. Sie vertraute ihrer Intuition,
vertraute sich selbst, glaubte daran, dass sie
immer den richtigen Weg finden würde, doch
immer wenn sie ein paar dunkle Wolken
passierte, fühlte sie sich unsicher. Sie fragte
einige der vorbei fliegenden Engel ob sie ihr
nicht helfen könnten. Doch diejenigen, die ihr
über den Weg liefen, waren bloß Engel, die
ihre Energie von Lebewesen erhielten, die
nichts von echter Liebe verstanden. Die
herumfliegenden Engel missverstanden den
Bestimmungsort des Einhorns und drückten
es immer nur bis zur nächsten Kreuzung. Sie
sagten nicht, dass sie nicht wussten, was sie
meinte. Dann kam sie oft von ihrem Weg ab.
Wo waren sie? Wo waren die Engel, die sie so
sehr an diesem Ort, der Kreuzung, benötigte?
Nach Tagen und Nächten dachte sie, dass sie
bald ankommen würde. Ein lilafarbenes
Schloss, das irgendwie putzig aussah, war in
der Ferne zu sehen. Sie wusste, dass sie ihrer

eigenen Intuition trauen konnte und freute sich darauf, dass sie bald an ihrem Zielort ankommen würde. Kurz vor dem Tor zum Schloss hatte sie keine Energie mehr übrig. Im letzten Moment fühlte sie, wie erschöpft sie war. Ihre Aufträge erschienen ihr auf einmal unerfüllbar. Sie hatte keine Unterstützung. Sie schaute nach oben, doch was dort flog konnte sie nicht verstehen. Sie schaute durch das Tor hindurch, und dort waren auch ein paar Engel, doch sie konnten für sie nichts tun. Das Einhorn konnte sich nicht anders helfen als zu verschwinden, und bevor es das tat, begriff sie, dass ihr Traum eine Illusion war. Sie löste sich in viele kleinere Einhörner auf, die wie Popcorn aussahen. Die kleinen Einhörner konnten nicht fliegen, stattdessen gingen sie mutterseelenallein entlang unterschiedlicher Wege in viele Richtungen und liefen den übrig gebliebenen Engeln hinterher. Sie fühlten sich wie magnetisch angezogen, weil das ursprüngliche Einhorn, die Mutter, nicht länger da war. Keine Unterstützung, nichts außer Hoffnung war übrig geblieben. Sie sahen sehr süß aus. Alle Engel, denen sie folgten, mochten die putzigen, weißen, fliegenden Einhörner sehr. Die Engel fingen an sie immer mehr in ihr Leben zu integrieren, und die kleinen Einhörner wurden irgendwann fröhlich.

*N*icht so die Einhörner in dem dunklen Schloss. Aus diesem schien zwar die Sonne, doch Licht war nur von außen sichtbar. Die Einhörner innerhalb des dunklen Schlosses waren traurig. Je mehr die Engel die Kraft der kleinen Einhörner in sich integrierten, desto mehr fühlten die Einhörner in dem Schloss, dass ihre Freundin, das fliegende Einhorn, es nicht geschafft hatte. Weiter auflösen konnten die kleinen Einhörner sich nicht. Sie rannten beunruhigt den Engeln hinterher, die da herumflogen, und ließen sich unterrichten. Ihnen wurde der Weg zur Sonne beschrieben. Der Augenblick, als die Einhörner sich in kleine Einhörner auflösten, war der Moment, als Archy anfing an die Kraft der Sonne zu glauben. Nicht länger glaubte sie an die Kraft der Einhörner, die weit entfernt in einem dunklen Schoss in einer Wüste lebten. Vielleicht würden Archy und die Engel eines Tages die Kraft wiedergewinnen um das Unglück, das geschehen war, ungeschehen werden zu lassen. Die kleinen Einhörner fühlten sie sich niemals sicher mit dem, was die Engel mit der gewissen Anziehung träumten. Die Anhänger der Engel schienen zwar mit ihrer Arbeit fröhlich zu sein, doch insgeheim zweifelten sie. Was sie wussten war, dass es da noch mehr gab als das, was die Engel von ihnen wollten.

*B*ald würde es passieren. Babby bräuchte Archy nur noch zu erzählen, wie schön sie doch war und es würde etwas geschehen, das eigentlich unbeschreiblich ist und definitiv die Geschichte verändern würde. Sie liebten es Ball zu spielen, nahe dem sich reflektierenden, strömenden Wasser, auf einer gepflegten Wiese, umgeben von einem Lichtkegel, der viel zu der Atmosphäre beitrug. Engel flogen immer noch wild herum und schauten sich an, was passieren würde. Babby liebte es den farbenreichen Ball auf seinem Schwanz zu balancieren und ihn auf seiner Spitze hopsen zu lassen, er ließ ihn über seinen Rücken rollen bis zum Ende seines Schwanzes und warf ihn zurück zu seinem Kopf. Immer wenn er dort ankam, kickte er mit seinem Kopf den Ball zu dem Einhorn, das es mit ihren Beinen in die Richtung des Wassers stieß, wo der Ball schwamm. Sie tauchte ein und die Strömung des Wassers betonte ihre Mähne, die still im Wind wehte. Wellen erschienen hinter Archy, und sie beschleunigte ihr Tempo, während sie den Ball mit ihrer Schnauze drückte. Irgendwann hörte sie auf, und Kreise formten sich auf der Oberfläche des Sees, fingen da an, wo Archy's Schnauze ins Wasser getaucht war, vergrößerten sich, wurden stetig langsamer und verschwanden wieder. Der Ball verschwand an der Waldgrenze, und nur Archy war es erlaubt, den Ball aus dem Wald herauszuholen. Es war wegen der Engel, die permanent sehen wollten, was Babby tat. Archy ging mit schweren Schritten, und es schien Babby, als ob sie niemals zurückkommen würde. Als er da saß, fragte er sich, wie der Wald, den Archy nun durchwanderte, aussah.

Er erinnerte sich...

- an Drachen, die durch Wälder gingen und aus Spaß Feuer spuckten, während sie jedes Tier anlächelten, das sie sahen.
- daran, wie er Pfote in Pfote mit seiner Mutter entlang der Waldwege gegangen und einfach nur fröhlich gewesen war.
- an all die Geräusche des Waldes, die er entdeckte als er seine Ohren für das erste Mal auf eine Art und Weise öffnete, wie er es zuvor noch nicht getan hatte.
- an all die Tiere, all das Laub, all die Stöcke, all die Wurzeln, all das Wasser, all die Möglichkeiten, all die Quellen, den Frühling, den Sommer, den Herbst und den Winter.

- an Sonnenstrahlen, die durch hölzernes Gebiet schimmerten.
- an eine Lichtung in dem Wald voller Bäume.
- daran, dass er dort Wurzeln schlagen wollte.
- daran, wonach das ausgesehen hatte.

Seine Motivation etwas ähnlich Schönes zu erleben war so stark, dass er tun wollte, was er sich ausgedacht hatte. Und er fing an.

*I*hr Ball war nicht mehr da, wo sie dachte, dass sie ihn finden würde. Gewöhnlich müsste er genau vor ihr liegen, aber diesmal wusste sie nicht, wo er sich versteckte hatte und wo sie nach ihm suchen müsste. Je weiter sie in den Wald ging, desto kälter wurde ihr. Sie fing an schneller zu rennen, doch je weiter sie lief um das zu finden, was sie suchte, desto mehr verstand sie, dass es unmöglich war. Sie galoppierte und brauste herum; doch einen kurzen Augenblick. Sie brauchte nur einen Weg zu finden, der es ihr erlaubte zu sehen. Ein Weg, auf dem sie etwas erkennen konnte. Sie sah durch die Bäume hindurch und bog ab. Als sie auf einer Lichtung im Wald ankam, konnte sie den Himmel sehen. Plötzlich wollte Archy Rast machen, schlafen und die Sonne genießen, deren Strahlen durch das schwarze

Universum hinein in die Exosphäre gingen. Vorher durch die Thermosphäre, Mesosphäre, Stratosphäre und die Troposphäre, natürlich nur um ihre Haut anzustrahlen.

Aragon der Magier versuchte die Zahl aus dem Stein zu zaubern. Er wollte die Schönheit von ihm festhalten, etwas über Magie herausfinden. Jeder war auf der Suche nach etwas, so auch Aragon. Aragon suchte den Stein der Unendlichkeit. Wühlend und zugleich suchend nahm Aragon langsam seinen Zauberstab aus den Taschen seines Umhangs hervor, der voller kleiner Sterne war. Ein paar von ihnen fielen auf den Boden und hinterließen dabei glitzernden Sternenstaub. Jeden Morgen wiederholte Aragon diese Prozedur. Er war *„Aragon, der Zauberer"*, das war das einzige, woran er denken konnte. Er wollte von Anfang an alle Tiere heilen, doch schon damals, als er das erste Mal in seinem Leben einen Stein sah, vergaß er, was er ursprünglich tun wollte. Somit begab er sich auf die Suche.

Während er mit einer flatternden Windhose entlang eines kurzen Pfades lief, der ihn nirgendwohin führte, näherte er sich ihm. Er war nicht irgendein Stein. Es war der Stein der Unendlichkeit. *„Oh, das ging aber schnell"*, stieß Aragon hervor. Mögliche Schwierigkeiten beim Transport waren für Aragon kein Grund, ihn daran zu hindern ihn zu finden. Enthielt der Stein die Lösung für alle Puzzleteilchen?

Der Stein fing an sich auf dem Untergrund zu drehen und wurde immer schneller. Je schneller er wurde, desto mehr Sand wirbelte er um sich herum auf. Als sich der Sand wieder legte schaute sich Aragon um, doch er konnte nichts erkennen. Das Licht, das ihn umgab, war viel zu hell. Nun hatte Aragon ein Resultat vor sich liegen. Die Sonne ging unter. Immer noch stand Aragon auf der Wiese und schaute sich den Stein zwischen der Szenerie aus Grün und Blau, Wiese und Himmel, Bäume und Boden, Schatten und Nebel, Licht und Sonnenschein, Stein und Sand an. Nachdem Aragon tagelang herumgewandert war hatte er endlich einen verrückt anmutenden, dunkelgrauen Stein gefunden, und dennoch war der Stein nicht da, wo er ihn gesucht hatte. Fehlte da nicht etwas? Die Zeit verging. *„Gut, das ist der Stein mit der Nummer eins"*, sagte Aragon einfach. Anscheinend war es doch nicht der Stein der Unendlichkeit. Wieder verging die Zeit. Wie aus dem Nichts sprang eine leuchtende Helligkeit, die Aragon umgeben hatte, von ihm auf den Stein über. Der Stein veränderte variantenreich seine Farben, während er immer größer wurde. Als der Stein viel zu groß war, hatte Aragon plötzlich zwei große Steine vor sich liegen. Er betrachtete sich das Resultat davon erkannte dann, dass sich der riesengroße Stein geteilt hatte und sich einer der Steine in einer schiefen Position befand. Dann lagen da ein schiefer und ein gerader Stein vor ihm, und als Aragon sich korrigierte und „*Nummer zwei*" sagte wurde es so windig, dass er sich an einem Baum festhalten musste, den Boden unter seinen Füßen verlor und wie eine Windhose herumgewirbelt wurde.

S ummody studierte die Schönheit des Waldes, in dem sie sich nun befand.
Niemals zuvor hatte sie einen Wald mit Vögeln wie diesen gesehen, die von einem Baum zum anderen zwitscherten und eine Melodie verbreiteten, die andere Vögel fröhlich machte. Summody erinnerte sich an die Melodien aus den Zeiten in ihrer Vergangenheit. Sie lief entlang Beerenbäumen mit knallenden Früchten und Sträuchern voller Beeren, die wie goldene Ringe aussahen. Sie wanderte entlang Bäumen mit drei Stämmen und grünem Gemüse an der Spitze von ihnen, die wie Silberkugeln aussahen. Sie hatten vier, fünf oder sechs Stämme, aber immer mindestens drei. Die Stämme wuchsen immer in alle möglichen Richtungen, und sie

waren unterschiedlich lang, manche von ihnen wuchsen nach oben in die Luft, andere tief in die Erde hinein. Sie waren je nachdem, wieviel Sonne sie erhielten, braun, gelb oder rot. Die Früchte ähnelten sich immer. Dann, für das erste Mal in ihrem Leben, entdeckte sie, wie es war, den Geräuschen von Tieren, die sie immer überhört hatte, zuzuhören.

Sie hörte...

- Bienen, die fleißig Nektar sammelten. Jede einzelne hatte eine eigene Aufgabe zu erfüllen und kommunizierte mit ihren Flügeln, wenn sie eine Futter- oder eine ertragreiche Wasserquelle besucht hatte
- Goldkäfer, die in der Sonne glitzerten. Mit ihren feinfühligen Fühlern erfassten sie Orte, an denen sie der Sonne krabbelnd näher kamen.
- Hummeln, die es liebten, Blumen zu bestäuben. Ihr brummendes Geräusch, mit dem sie durch die Luft flogen, war nur ein kleiner Teil eines einzigartig unbeholfenen Eindrucks, der sich, da sie so dick waren, aus der Nähe betrachtet ergab.

- Ameisen, die sich um ihren Berg kümmerten. Jede von ihnen wusste genau, was sie zu tun hatte.
- Kellerasseln, die sich zusammenrollen konnten.
- Schnaken, die Blut saugten um zu überleben. Wenn es dunkel wurde waren sie fliegend unterwegs in Richtung Fluss.

Alle von ihnen machten unterschiedliche Geräusche, als Summody aufhörte sich wirbelförmig zu drehen, fühlte sie für das erste Mal in ihrem Leben, wie alleine sie war. Sie wollte wie diese Insekten brummend von einem Platz zum anderen fliegen und sich in etwas Größeres integrieren. Sie nahm etwas wahr und entdeckte im Laub einen Igel, der alle Blätter, die ihm begegneten, untersuchte und währenddessen Insekten fraß.

$\mathcal{A}$ragon traute sich nicht mit seiner Zählung fortzufahren! Aragon hätte anfangen können 2 mit 2 zu multiplizieren, dann wäre dabei eine lustige Zahl entstanden, doch die Atmosphäre in der Luft verriet ihm, dass es noch zu früh war sein mathematisches Wissen über die Unendlichkeit preiszugeben. Zu wenig würden die anderen Tiere in seinem Wald etwas davon haben, würde er eine unendlich große Nummer hervorzaubern. Sie würde sowieso nicht das ausdrücken, was wichtig war, da sie keinen Ursprung hatte.

*B*abby saß am Ufer und träumte von seiner leuchtenden Zukunft. Er baumelte mit seinen Pfoten im Wasser und schien sehr zufrieden mit dem, was er erlebte, zu sein. Vor ihm waren mehr als zehntausend Regenbögen, und er fing an, sie zu zählen, doch irgendwann gab er auf. Stattdessen sang er nun:

es scheint zu sein ein Kuß, der reiche
erscheinen tut er auf der andern Seite
Ich fürcht' ihn nicht einmal bei Regen,
nicht einmal falls er dann ein Segen

Und er entschied sich dazu zu diesem Platz zu gehen, der so farbenreich schien, obwohl ihm ein älterer Drache gesagt hatte, dass es unmöglich sei. Immer noch fragte sich Babby, ob der Drache wirklich nicht wissen würde, was auf der anderen Seite war. Und er fauchte wie ein erfahrener Drache die Engel an, die ihn so sehr beschützten: "*Was, Ihr wisst nicht, was auf der anderen Seite ist?*"
Sie schauten ihn nur verzückt an, als ob sie es wissen würden und alle Antworten auf seine Fragen hätten. Sie waren die einzigen, die ihm zuhörten. Sie schauten ihn an, als sei ihnen

bekannt, was die andere Seite ihres Apfels repräsentierte, als ob sie wissen würden, wie sie aussahen, obwohl ihre Reflektion in Babby's Seifenblasen nur ein Bild war, das sie so gerne mochten.

$\mathcal{B}$abby dachte "Die Regenbögen werden es mir zeigen", als er ein Geräusch hören konnte. *„Hallo, schön Dich zu treffen"*, sagte er. *„Wer ist Deine Freundin, die Dich begleitet?"*, wollte er wissen.

„Das ist Summody, ich habe sie vor ein paar Monaten kennengelernt, sie hat mir in meiner Vergangenheit viele Sachen beigebracht", antwortete Archy. *„Sie muss genauso speziell wie Du sein"* bemerkte Babby und verstand mit einem Mal, was für einen Einfluss Summody auf Archy in ihrer Vergangenheit ausgeübt haben musste. *„Ja, sicher ist, dass sie uns viel beibringen kann"*, sagte Archy, warf das Haar ihrer Mähne auf die Rückseite ihres Halses und schaute Babby herausfordernd an, der wieder mit seinem Schwanz wackelte.

Schlurf, plitsch, platsch, klatsch.

$\mathcal{A}$ls Archy und Summody in der Mitte der Lichtung standen, umgeben von diesen speziellen Bäumen, hatte Archy Summody erzählt, dass ihr ihr Ball fehle. Gücklicher-weise fand Summody die Lösung: Sie lockte etwas an, das für sie den verlorenen Ball suchte. Plötzlich war er da, durch die Luft fliegend, in der Mitte einer Lichtung, in einem von oben scheinenden Licht. Jetzt war der Ball nicht länger ein Regenstrahlball, es handelte sich um einen Himmellichtball, der sich durch die Luft beamte, er war viel leichter als der ursprüngliche Regenstrahlball, aber er war nicht so verspielt, stattdessen suchte er immer nach einem speziellen Ziel.

Babby versuchte, den Ball auf seinem Schwanz balancieren zu lassen, kickte ihn auf seinen Kopf, aber oft fiel er runter, und so wurde er zu Summody gekickt, die ihn in ein immer aufregender werdendes Ding verwandelte, mit dem sie spielen konnten. Archy war von der Schönheit des Balles erstaunt, und obwohl Babby sich nach seinem Regenbogenball sehnte, verstand er, was Archy an diesem Ball mochte, der leuchtende Sterne auf seiner Hülle hatte. Nun würde bald Babby Ball mit ihr spielen, und sie fragte ihn, ob er gerne mit ihr in das Land kommen würde, das voller Regenbögen war.

Am selben Abend saßen sie herum schauten in die Sterne.

Als Babby sich den Ball mit den Sternen ansah, erzählte ihm Archy, dass es der allerschönste Abend sei, den sie bisher erlebt hatte. Es wurde die allerschönste Nacht für Babby als er zustimmte mitzukommen und Archy für ihn sang:

Trompeten fliegen
wie ein wildes Pferd
versuchend werdend
nicht noch schlechter

sie dann sterbend
für den Schlichter
Engel fliegend
auf der andern Seite

sie dann schreiend
Sehnsucht Mächte
versuchen was, und ob das reicht
für das Licht

sie sagen

Nur Coopa wahrer Liebhaber
verdeckt doch Hass und die Verdeckung
unser Liebhaber ist dieser:
Schreiender mit Deckung!

Wenn es mehr für uns da gibt,
wir bald sehen was dann
gegangen,
nur die Sterne, Träume, Licht,

lässt uns sehen was schien
Verlangen
sie wollen

Trompeten fliegen
wie ein wildes Pferd
versuchend werdend
niemals schlechter
sie dann betend
für den Schlichter
Engel fliegend
auf derselben guten Seite

sie dann betend
Sehnsucht Mächte
versuchen was, und ob das reicht
für das Licht

Babby versuchte das Lied, das Archy ihm gerade vorgesungen hatte zu analysieren, doch alle
Drachen in dem Wald waren nicht gut darin
Gedichte zu machen, also gab er bald auf und
fühlte sich ein wenig durch den hohen
Anspruch auf ihrer Seite verwirrt. Bald
schliefen sie ein wenig.

*A*ls Aragon der Magier wieder einmal
dachte den Stein der Unendlichkeit entdeckt
zu haben, hörte er in der Ferne etwas flüstern:

"*Du glaubst wahrscheinlich immer noch an einfache Parabeln, die davon handeln, wie es heutzutage ist und wie es früher war. Es ist nun an der Zeit, dass die Tiere in diesem Wald einen Schritt weitergehen und sich dazu befähigen zu erkennen, wie es um die Wirklichkeit bestellt ist. Versuche eine tiefere Version der Wirklichkeit wahrzunehmen. Die Zeit der Kindermärchen ist vorbei, über das Alter bist Du hinaus*".

Das Flüstern verlor sich hallend im Wald. Verwundert über jenes, was in seinem Wald geschah, lief Aragon fort und achtete nur noch auf seinen zählenden Zauberstab, den er bei sich trug. Vielleicht erhoffte er sich mehr von ihm, als er sich jemals wünschen hätte können, vielleicht sogar mehr, als er wirklich benötigte. Von nun an träumte Aragon während der Nächte von sich selbst und das, was er sich wünschte und sehen konnte, ließ er für sich wahr werden. Aragon erfreute sich auf einmal an der Sonne, doch in Wirklichkeit war er auf der Suche nach einem Stein. Nachdem er genug Steine gesammelt hätte, würde er mit seinem glühenden Zauberstab alle Tiere faszinieren. Der Untergrund, der aus ineinander verschachtelten Höhlen bestand, war für manche tatsächlich voller Rätsel, Geheimnis, Schatten und Nebel. Früh am nächsten Morgen, als Archy und Babby aufwachten, erlaubten die Engel ihnen, den Ort zu verlassen, wo Babby früher die Zeit verbracht hatte. Summody und Archy unternahmen Anstrengungen, damit Babby seinen Platz verlassen konnte.

Nachdem sie verhandelt hatten wurde ihm erlaubt fortzugehen, unter der Bedingung, dass zwei Engel ihn bewachen und die ganze Zeit lang vor, neben oder hinter ihm hin- und herfliegen. Der ursprüngliche Grund ihn einzusperren war nicht länger vorhanden, da er nicht länger vor seinem Wasserfall Wasserblasen machte, sondern stattdessen auch Feuer spucken konnte. Die Engel erlaubten aus diesem Grunde unserem Babby seine Höhle, den dunklen Ort, zu verlassen. Nun konnte er lächeln, sich bewegen, aktiv sein und sich alles, das ihm neu erschien, neugierig ansehen. Die Wirklichkeit, die Babby erkannte, war jetzt heller als seine Träume, und die Realität musste schon immer schöner als alle Vorstellungen gewesen sein, die möglich waren. Plötzlich verstand Babby, weshalb Archy immer zur Sonne wollte. Die Sonne, von der Archy träumte, versteckte die Schönheit von allem, wenn sie nicht da war. Wenn sie an der Spitze des Himmels stand, repräsentierte sie den Ursprung des Lebens. Als er entlang des Flusses lief, der aus seinem See floss, sah er surrende Libellen über dem Wasser, und darin waren Fische.

Als er die Schönheit all der Farben, die in der Sonne nun stärker als zuvor schienen, erkannte, und als er die Neugierde in den Augen der Vögel erblickte, fühlte er sich an einen Regenbogen erinnert, den er den Tag vorher gesehen hatte.

"Falls ich einen Weg finde um in das Land zu fliegen, von dem ich es nicht weit zur Spitze der Regenbögen habe, werdet ihr mir folgen?"

Er war sicher, dass er viel Zeit sparen würde, indem er dort hinflog. Er wusste, dass er vielleicht eines Tages dazu in der Lage sein würde auf der Spitze eines farbenreichen Regenbogens zu sitzen, seine Beine baumeln zu lassen und auf alle Bäume hinunterzuschauen. Er würde dann alle Tiere aus einer Vogelperspektive sehen. Das würde schöner sein, als es sich irgendjemand jemals vorstellen konnte. Um zu einem der dortigen Wälder zu gehen, würde er nur kurz sein Ziel anfliegen müssen. Summody antwortete zuerst: *"Ich bin an einem Punkt angekommen, an dem ich nicht denselben Weg wie Ihr gehen möchte. Jetzt muss ich wirklich zu meinen Ursprüngen zurück".*

Archy fasste einen Entschluss: "*Ich werde Dich auch verlassen, Babby. Ich suche nach der Kraft der Sonne, und ich will ganz sicher dort ankommen. Ich werde Summody folgen, um von ihr zu lernen und immer mehr Erlebnisse zu machen. Ich möchte anderen Tieren beibringen, wie sie die Sonnenkräfte besser verwenden können. Ich stelle mir schon vor, wie schön es sein wird...*".

„*Außerdem hat sie das mit der Sonne schon vor langem beschlossen, als wir uns auf einer Lichtung nahe Deinem Wasserfall trafen!*", sagte Summody als letztes.

Ohne wirklich richtig zu verstehen, was gerade passiert war, erschien Babby zusammen mit seinen beiden Engeln auf einer Wiese. Auf der Wiese waren schon ein paar Drachen, und was taten sie? Sie spielten mit anderen Drachen zusammen Schlagzeug. Babby fühlte sich an diesem Abend unbeholfen, und ließ einfach nur mitteilen, dass er etwas "*pfotig*" sei. Doch dann entschloss sich Babby mit einem farbenreichen Ball und anderen Drachen auf einer offenen Wiese zu spielen. Nun konnte man ihn lächelnd, sich bewegend, aktiv und neugierig auf alles, das ihm neu erschien, dreinblicken sehen. Er mochte es, wie sich die Drachen bewegten und mit ihrem Feuer eine Helligkeit in den Wald verbreiteten, so wie die Engel es getan hatten, wenn sie an Babby vorbeiflogen und hinter sich den glitzernden Glanz ihrer Flügel herzogen. Babby ging nach Hause ging und ein paar Tropfen fielen von seinem Gesicht herunter auf den Boden. Die Sonne wurde in dem Tropfen reflektiert. Als er am Wasserfall ankam, warteten keine Engel auf seine Blasen und darauf, dass er erschien. Drei Monde waren sichtbar, und Babby verstand, dass dies bedeutete, dass es Zeit für eine Veränderung war. Um einen geruhsamen Schlaf zu haben, richtete sich Babby seine Höhle modisch ein. Damit er keine Alpträume bekam, hängte er lustige Symbole an die Wände seiner Höhle und glaubte daran, dass alles besser werden würde.

*N*iemals zuvor hatte Babby einen Traum wie diesen erlebt. In der Mitte einer Lichtung spielte er mit einem fliegenden Drachen, den er an einer Leine festhielt. Er zog den Drachen hinter sich her, und nachdem er sich den Ort ausgesucht hatte, wo er den Drachen steigen lassen wollte, rannte er mit dem Drachen, den er hoch über sich hielt, los. Flatternd machte Babby einen kleinen Sprung, dann zog sich die Leine hoch hinaus in den Himmel hinein. Das fliegende Ding war aus Papier und hatte ein lächelndes Gesicht. Die Leine war mit kleinen und glitzernden Bändern verziert, die den dreieckigen Drachen schöner aussehen ließ, als er es war. Während seine Mutter ebenfalls einen Drachen steigen ließ hielt sie seine Pfote.

*A*ls Babby am nächsten Morgen aufwachte, fühlte er sich so, als ob er etwas Ablenkung benötigen würde. Er wollte raus in die anderen Wälder gehen. Auf seinem Wege folgten ihm die zwei Engel, so wie am Tag zuvor. Stetig sah er sie über ihn herfliegen mit der Absicht ihm alle neuen Wege zu versüßen. Wie auch immer, das Licht war ein anderes Licht als am Tag zuvor, nun sahen die Flügel der Engel durchsichtig aus. Sie sahen wie die Flügel eines gelben Schmetterlings aus. Während er mit ihnen lief, sah er, wie die Engel alle paar Schritte, die er machte, kleiner wurden.

Schlurf, Verkleinerung. Schlurf, Verkleinerung. Schlurf, Verkleinerung.

Das war, was passierte. Babby schaute sich die Blumen an, die Bäume, die Blätter, den Boden, den Himmel, die Sonne und was noch vor ihm lag. Als es ihm so erschien, als ob er am Ende des Waldes angekommen sei, waren die Engel nicht mehr da. Es gab nur ein durchsichtiges Licht, das Babby umgab. Die Engel waren verschwunden, und um Babby herum wurde alles still, in der Entfernung konnte er keine Geräusche hören. Als er im Mittelpunkt eines verlassenen Ortes stand, hatte er nichts in seinem Kopf außer sich selbst. Als Babby anfing sich zu drehen, sah er kleine Wasserblasen. Sie kamen von innerhalb des Waldes und sie waren nicht blau, wie seine, sondern grün. Sie glänzten und wurden größer. Sie sahen nicht aus wie seine Blasen, von denen niemals ein Drache genug haben konnte. Er versuchte sich innerhalb einer tief über dem Boden entlang fliegenden, grün den Wald reflektierenden, schimmernden Blase zu erkennen, doch sie schien nichts zu reflektieren... also wurde Babby neugierig und ging in die Richtung des Ortes, aus dem die Blasen hervorströmten. *Schlurf, schlurf, schlurf*, und nach einiger Mühe war er an einem großen See angekommen.

*A*ls er sich umschaute, sah alles winzig klein aus. Er war dabei eine neue Welt zu entdecken, eine kleine Welt voller Tiere wie Frösche und Fische. Sie sahen nicht sehr wie die großen, unbeholfenen Drachen aus, die er jetzt so gut kannte. Die Blasen, die über Babby flogen, kamen aus dem See heraus. Babby fragte sich, ob es wohl im See eine Drachin gab, die unter Wasser singen konnte? Er versuchte eine vorüberfliegende Blase zu fangen. Als er eine hatte, wollte er wissen, was sich in der Richtung befand, aus der die Blasen kamen. Babby war nun von der Welt, die er entdeckt hatte, erstaunt. Ohne darüber nachzudenken, was passieren würde, sprang er in das kalte Wasser und fing zu schwimmen an. Er fühlte sich leicht und durch das Wasser geschützt. Unter dem See konnte er die Farben von Fischen, Steinen und Algen sehen. Es gab kleine und große Fische, wobei die kleinen einen Schwarm bildeten. Bevor ein einzelner Fische wusste wohin es ging, waren sie schon dabei zu fortzuschwimmen. Die Fische näherten sich Babby, schauten ihn an und schwammen flink und elegant um ihn herum. Mit seinen beiden Pfoten steuerte er sich selbst nach unten entlang der Felsen, die von leuchtenden Unterwassertieren besiedelt waren. Er begegnete Seepferdchen und Seeigeln, Dellen, Unterwasserblumen, wachen und träumenden Fischen, Gebieten mit einer stärkeren Strömung und Gebieten, die ihn nicht von selbst von einem Ort zum anderen brachten. Endlich erreichte er seinen Bestimmungsort.

S ie kannten sich gegenseitig sehr gut. Sie waren so nahe Freunde, dass es sehr schwer war sie gelegentlich alleine zu sehen. Sie kannten sich und unterhielten sich viel. Sie kannten die Vorteile davon zusammenzuleben und wie es war sich Arbeit, die sie hatten, zu teilen. Sie arbeiteten nur in ihrer eigenen Umgebung und halfen jedem Tier, das ihre Hilfe benötigte. Sie arbeiteten vom Morgen an, wenn alle Tiere aufwachten, bis zum Abend, wenn die Sonne unterging. Sie bewegten sich in Kreisen und taten sich zusammen um ihre Arbeit zu bewerkstelligen. Es war nicht wirkliche Arbeit, die sie zu erledigen hatten, es war etwas, das ihnen Spaß machte. Sie schwammen und sangen zusammen und machten andere mit dem, was sie taten, fröhlich.

Es waren die Blasen des Freundeskreis. Als er an dem Ort ankam, wo sie ihre Ursprünge nahmen, sah er, wie alle Musik machten und überall herumtanzten. Als Babby ankam, sah er eine Jungfrau mit langem Haar. Ihr Schwanz glitzerte in der Sonne und sie führte einen bezaubernden Tanz in allen Meeres-richtungen auf. Es ging vorwärts, rückwärts, nach rechts und nach links. Eine kleine

Muschel schwamm an Babby vorbei und flüsterte ihm etwas von einer Einladung ins Ohr. Die Meerjungfrau gab ihm ihre Hände, zog ihn zu sich und schon ging es los. Babby's Flügel wussten, wie sie sich zu bewegen hatten. Er tauchte wie ein Schmetterling, anstatt zu fliegen schwamm er. Als die Musik zu Ende war und sie aufhörten, machte Babby drei Blasen und fing mit ihnen zu spielen an. Niemals zuvor war er in der Lage gewesen, die Richtung der aufsteigenden Blasen zu steuern, doch diesmal konnte er ihnen folgen und sogar die Richtung ändern. Sein Schwanz war inzwischen eine erfahrene Flosse geworden. Dieser Platz schien sein Ort zu werden. Er schaute in den Himmel und die Sterne und alles, das den See umgab. Er dachte: *„Das könnte mein Ort werden"*.

Die Meerjungfrau schwamm mit ihrem langen Haar vor ihm entlang und folgte im Takt den Wellen des Wassers. Nachdem sie sich auf einen Stein gesetzt hatte schwang sie ihre Schwanzflosse hin und her. Diese Anstrengung unternahm sie nicht vergebens. Flatternd setzte sich Babby neben sie und sah sie sich komplett an. Sie schmiegte sich an und nutzte die Gelegenheit eine Frage zu stellen.
"Bist Du auch so verliebt wie ich? So jemanden wie Dich habe ich vorher noch

nicht gesehen. Wo kommst Du denn her?",
fragte sie.

"Ich bin ein Drache und lebe an einem Ort,
den Du nicht kennst", antwortete er.

"Mein Name ist Mundee, und wie heißt Du?
Weshalb kenne ich diesen Ort nicht? Können
wir dort zusammen hinschwimmen?", fragte
sie.

"Jeder nennt mich nur Babby. Ich weiß es
nicht. Es scheint mir nicht so, als ob Du da
fröhlich werden könntest. Ich persönlich bin
es nicht", antwortete er sofort. Mundee
machte eine beunruhigte Bewegung mit ihrer
Schwanzflosse, und Babby konnte die
Strömung spüren, und wie sie sich um ihn
herumbewegte. "Wie sieht der Ort aus, und
weshalb bist Du nicht fröhlich?", fragte sie.

"Es ist die Oberfläche des Planeten von
Schwarz oder Weiß...", fing Babby an, erklärte
ihr die Schönheit seines Waldes und die Tiere,
die er kennengelernt hatte. Er erzählte ihr
seine eigene Geschichte, mit den Engeln, den
Wäldern und Träumen. Als er aufhörte war
Mundee klar, dass sie dort niemals hingehen
würde, und zwar wegen ihrer Schwanzflosse.
Sie sagte: "Ich weiß viel über diesen Ort
oberhalb des Wassers. Zum Beispiel erzählen
uns Frösche oft, wie es ist zu springen und zu
landen. Wir befreunden uns schon wenn sie
sehr jung sind, dann nennen wir sie kleine
Kaulquappen, und wenn sie ein Frosch

werden, sind wir so gute Freunde, dass sie uns von ihren Erfahrungen erzählen. Wir befreunden uns auch mit kleinen Schlangen, die im Wasser leben können, mit Eidechsen, und es gibt auch Paradiesfische. Sie haben Federn, und sie können sogar überall hinfliegen. Ich sehe sie unter Wasser und schaue ihnen dabei zu, wie sie Kästen vom Untergrund an die Oberfläche befördern und sie in ein anderes Land bringen". Babby fragte: *„Weißt Du, was sich in den Kästen befindet?".*

„Nein, aber ein fliegender Fisch hat mir erzählt, dass sie sie in ein Land mit Regenbögen bringen. Er sprach von Tieren, die wie weiße Pferde mit Flügeln aussehen. Sie leben in einem Land mit ganz viel Sonne".

Babby und Mundee fuhren mit ihrer Unterhaltung fort, und sie betonte, wie gerne sie den Freundeskreis aus verschiedenen Gründen verlassen würde, doch nun müsse sie vom Stein aus abtauchen. Als Babby zurückgekehrt war träumte Babby von Mundee und stellte sich vor, wie sie ihn mit ihrer im Wasser baumelnden Schwimmflossen berührte. Sie saß an dem Platz, an dem Babby gewöhnlich saß und machte Blasen. Ihr Haar wehte durch die Luft. Die Blasen flogen nicht in der Luft, sie flogen in das Wasser. Sie wurden in das Wasser gezogen. Mundee wollte mit allen befreundet sein, doch sie konnte das nicht sein, denn ihre Freunde waren gemein. Also musste Mundee da bleiben, wo sie lebte. Sie machte mit Blasen weiter und ließ sie durch das Wasser hindurch in die Luft steigen.

*B*abby wurde von Archy's Schnauze aufgeweckt. Er war so fröhlich sie zu sehen, dass er sie umarmte, und dann fragte er, weshalb sie zurückgekehrt war, vor seine Höhle. Archy erklärte: "*Unterwegs haben Summody und ich über viele Dinge gesprochen. Wir sprachen über die Tiere auf diesem Planeten, über das, was Summody mir beigebracht hat, und was sie an mir mag. Dann erschienen zwei Engel, die uns fragten, ob sie uns die Heimat von Summody zeigen sollten. Summody's Kindertraum war plötzlich in greifbarer Nähe. Bevor sie ihres Weges ging, brachte sie mir bei, wie ich mich in ein schwarzes Pferd und zurück verwandeln kann.*

Bis zu diesem Moment wusste ich nicht einmal, dass sie zaubern konnte. Nun scheint es mir nicht mal mehr fragwürdig, ob sie die Zukunft voraussagen kann. Ich möchte Dir folgen, Babby. Ich möchte mit Dir ins Land der Regenbögen gehen", und Babby erzählte Archy von der Meerjungfrau, die unter Wasser lebte, von dem fliegenden Fisch und Tieren mit Flügeln, die über den Regenbögen Archy ähnelten, und vieles mehr. Babby machte seine Wasserblasen weiter, und zwar bis zum nächsten Morgen.

Als die Tiere immer lauter wurden, wurden Babby und Archy inmitten von viel Gestrüpp wach. Ein Licht fiel auf die Gesichter von beiden, und als Babby sich neugierig Archy ansah, die er mit seinem lilanen Schwanz abtastete, hatte er eine Idee. Er würde bald mit Hilfe von glitzernden Blasen ins Land der Regenbögen fliegen. "*Ich habe niemals nach diesem Gefühl gefragt. Ich habe niemals nach Euren Blumen gefragt. Ich war oft auf der Suche nach Liebe alleine. Jetzt habe ich verstanden, was es bedeutet zu gehen. Ich schätze Eure Aufmerksamkeit, ich liebe Euch, wie ihr so viel Aufmerksamkeit mit mir teilt. Ich kann nicht einmal atmen, wenn ich daran denke Euch zu verlassen. Ich habe mich dazu entschieden in das Land der Regenbögen zu gehen, wo die Sonne so oft scheint, und ich werde dort mit Archy ankommen, meiner Freundin*", und als er aufhörte, war es eine kullernde Atmosphäre, die rollend wie eine Lawine alle Tiere in seinem Wald erfasste.

Babby machte eine Wasserblase, die ihn und Archy umgab. Babby's Blase würde Archy und Babby als Passagiere zu ihrem Bestimmungsort tragen.

Sie stiegen in die Luft und flogen über den See. Sie versuchten die Blase, in der sie saßen, zu steuern. Oft bewegten sie ihren Körper von einem Punkt zum anderen um die Blase zu lenken. Beim ersten Mal berührte Archy mit ihrem Einhorn aus Versehen die Hülle der Blase, und beide platschten ein paar Meter tief in rauschendes Wasser. Sie schwammen beide zurück ans Ufer, und mit ihren nassen Mähnen kletterten sie einen Hügel hoch. Dann versuchten sie es nochmal. Dann konnten alle Tiere sehen, wie Archy sich in ein normales Pferd verwandelte, wegen ihres Einhorns, das die Blase platzen ließ. Auf einem Hügel angekommen war sie nicht länger weiß, sondern schwarz. Endlich waren beide dazu in der Lage wegzufliegen.

$\mathcal{V}$on innerhalb ihrer in der Sonne glitzernden Blase konnten sie alle Wälder sehen. Für Archy waren die heißen Sonnenstrahlen kaum zu ertragen. Archy und Babby übten das nötige Gewicht aus, um herabzusteigen. Von der Vogelperspektive aus konnten Babby und Archy Tiere bei ihrer

Suche nach Essen beobachten und dabei, wie sie sich um ihre Kinder kümmerten, die sie schützten und verteidigten, lächelnd und lachend, sprechend und streitend, lehrend und lernend. Wenn sie niedrig flogen, konnten sie die Tiere ausgiebiger und ungestörter als zuvor betrachten und verstehen, was der Sinn des Lebens war. Archy und Babby flogen über den Ozean. Es war ein Ozean mit Wellen, die Sonne ging schon unter. Während der Nächte wurde der Wind stärker und brachte sie schnell weiter. Als beide am nächsten Morgen aufwachten, befanden sie sich immer noch über dem Ozean, so weit wie sie sehen konnten war da nichts außer Meer. Während der Nacht träumte Babby von Schmetterlingen. Davon, wie Schmetterlinge sich auf Blumen setzten und dabei Blütenstaub in die Luft wirbelten. Schmetterlinge schwebten über ihnen, und es sah so aus, als ob alles fliegen konnte. Babby und Archy sahen bunte Vögel, die in der Sonne glitzerten. Mit ihrem Verhalten erinnerten sie an Paradiesvögel, die mit ihren wedelnden Flügelbewegungen Aufmerksamkeit erzeugten. Babby und Archy überquerten endlich den Ozean. Sie flogen über Landschaften, die sie noch nicht kannten. Dann entdeckten sie fliegende Fische, die mit einer atemberaubenden Geschwindigkeit von einem Ort zum anderen durch die Luft flogen. Als Luftblasen Babby näherkamen, konnten Archy und Babby ein Gedicht hören:

Wir fliegen zu der weiten Ferne,
wir drehen uns sehr schnell und gerne,
wir nähern uns Unendlichkeit,
die Welt ist keine Nichtigkeit

Erstaunt durch einen schönen Himmel,
lernten wir der Hoheit Sorgen
wir fliegen hier von trocken nass,
in unseren Flügeln ist das Ass,

die Sonnensicht des weiten Fluges
wo ist die Hoheit Himmel Himmel

es ist kein heller Sonnenmond
nur räumig Licht der weiten Lohn

eine Schönheitssicht
ist nicht gemein
wir bekennen nicht,
was Wissen fein
des uns'ren ist

Von hier und dort nach überall
sehen wir das Kümmerland
Wir wissen es sieht aus wie Segen
Es ist nur weit und zu viel Regen

die Hoheit Himmel Himmel
die Sonnensicht des weiten Fluges
ein helles Licht der Heiterkeit,

Ein Raum erfüllt mit unserer Weit

wir suchen nach dem Ungegebenen
nehmen was wir nicht vergeben,
suchen suchend Tiere lebend,
in dem Land in Such und Segen

Wir fliegen zu der weiten Ferne,
Immer weiter, immer weiter,
wir drehen uns sehr schnell und gerne,
immer weiter, immer weiter

erreichen wir den Himmel,
versprühen wir dessen Lieberei,
ihr sonniges Gesicht, der andern Tiere Raserei

$\mathcal{F}$ische konnten tagsüber nicht schlafend in
Bäumen sitzen, daher wurde es niemals still.
Sie verbrachten nicht die ganze Zeit im
Wasser. Manche Fische hielten sich unterhalb
von Baumkronen auf. Sie transportierten
meistens einen Kasten mit unbekanntem
Inhalt mit sich herum. Allerdings nur, wenn
sie das tun sollten. An anderen Tagen
blubberten sie vor sich her.
Einer der Fische hatte bunte Federn und
bewegte sich locker und elegant durch die
Luft. Als er näher kam, war er das erste Tier
aus dem Land der Regenbögen, das vorzeitig
eine Unterhaltung mit zwei Tieren in einer
Wasserblase führte.

"*Ein paar Besucher des Landes von Schwarz oder Weiß?*", fragte er.

"*Ein paar fliegende Fische vom Land des Wunders*", staunte Babby, und er tauschte die Plätze mit Archy, weil Babby den Fisch auch sehen wollte.

"*Es ist das Land von Weiß. Wir nennen es weiß, andere nennen es die Insel des Drachens. Du siehst lustig aus!*", antwortete der Fisch.

"*Wen möchtet Ihr besuchen?*", fragte ein Fisch.

"*Wir möchten die Regenbögen entdecken. Wir haben eine lange Reise hinter uns. Die einzige Sache, die ich jetzt wissen möchte ist: Wo sind sie?*", antwortete und fragte Babby, und dann begriff er, dass sie nicht länger da waren, wo er sie den ganzen Morgen über gesehen hatte. "*Drehe Dich um!*", war die Antwort des Fisches. Da schaute Babby über die Weiten des Ozeans und verstand plötzlich, dass er den falschen Weg genommen haben musste. Die Regenbögen waren genau hinter ihm, wo er hergekommen war. Er dachte über den Weg nach, den er nun zurückzulegen hatte. "*Großartig!*", antwortete Babby. Ohne Zögern wollte er eine große Blase nur für ihn und Archy machen, als sie plötzlich einwendete: "*Hör damit auf, Babby! Du drehst Dich um Dich selbst. Siehst Du nicht, dass Du nicht in der Lage bist den*

Regenbogen zu erreichen? Wo auch immer Du hingehst, er wird nicht dort zu finden sein, wo Du ihn suchst. Das ist ein Kindertraum, der davon handelt das Ende der Regenbögen zu finden, den Du wirst aufgeben müssen. Jemand anderes wird schon vor Dir dort gewesen sein".

"*Was ist dann wichtig?*", fragte Babby. Archy antwortete: "*Die Sonne!*". Babby fand das lustig, doch ließ er es sich nicht ansehen. Zumindest war ihm jetzt klar, dass er sich unsterblich verliebt hatte. Er schaute sich die Regenbögen an, und plötzlich wurden es immer mehr Lotusblumen, die durch den Wind vor ihm an das Ufer des Sees geblasen wurden.

*E*r war ein starker Kämpfer. Er liebte es, den frischen Wind, der ihn durch die Luft beförderte, zu riechen, und er wusste, dass er in der Lage war alles zu erreichen. Hinter den Bergen erwartete er sein Ziel. Jahrelang hatte er mit seinen Freunden und Familienmitgliedern in einer rosafarbenen Wüste gelebt. In der Tat liebten sie es in dieser Landschaft mit ihren Hügeln und sandigen Flächen neue Erfahrungen zu machen. Der Wüstenwind machte ganz besondere Geräusche, während er Sand von einem Ort zum anderen trug. In der Nacht wurde es sehr kalt und am Tag extrem heiß. So heiß, dass alle in miteinander verbundenen Höhlen lebten. Jede Höhle hatte jeweils einen Eingang und viele Durchgänge, die die Tiere entlanggehen konnten, um von einem Ort zum anderen zu wandern. Sein Name war Pallitchy. In der Wüste war es zu warm für ihn geworden, obwohl er das heiße Klima gewohnt war. Er mochte nicht mit anderen zusammenleben, und er wusste, dass seine zukünftige Reise nichts mit Freude zu tun haben würde. Es war sein Wille zu leben. Ein Leben, das besser war? Er wusste es nicht. Wenigstens eines, das ihm etwas mehr, als er schon hatte, versprach. Er war kraftvoll genug um eine kurze Strecke zu fliegen, und wenn er flog hopste er herum und machte wirklich große Sprünge. Er wusste, wer er war: Er war weder ein Supermann noch ein Superphilosoph, auch war er kein neuer Superdrache oder eine Superkatze, nein, er war ein Supereinhorn, der Retter der Tierheit, und er hatte sich dazu entschlossen neue Bekanntschaften mit denen zu machen, die im grünen Land lebten, das er noch nicht kennengelernt hatte. Nahe zum Ozean befand es sich, daher wuchsen dort grüne Pflanzen. Als er das Meeresrauschen hörte, konnte er im Sonnenschein sein Drängen nach mehr spüren, er fühlte sogar, dass er bald neue und interessante Bekanntschaften machen würde, die ihm neue

Möglichkeiten und Herausforderungen eröffneten. Er würde nicht länger nur mit Wühlmäusen, Schlangen und krabbelnden Tieren in der Wüste leben. Als er ankam, stand er vor einer Brücke. Er hatte sich auf etwas Größeres vorbereitet, und dann konnte in der Entfernung etwas Wunderschönes sehen.

$\mathcal{A}$rchy wollte ihre Umgebung erkunden.

Sie liebte neue Situationen sehr, und die Schönheit der Schmetterlinge, die immer nach etwas suchten, beschrieben ihren Drang sehr gut. Schmetterlinge, die von einer der Blume innewohnenden Kraft fasziniert waren. Schmetterlinge, die sich auf Blumen setzten und Blütenstaub in die Luft wirbelten. Blumen, die auf den nächsten Schmetterling hofften. Archy wollte die Schönheit der Blume genießen, wie Schmetterlinge es taten, wenn sie eine Weile warteten, bevor sie auf ihrem traumhaften Bestimmungsort landeten. Archy fing an sich von ihrem Drachen, Babby, zu distanzieren und stand vor einer Brücke. Auf der anderen Seite sah sie für das erste Mal in ihrem Leben ein Einhorn. Ein Einhorn, das sie in etwas noch Schöneres verwandeln würde.

Nachdem er einen langen, erschöpfenden Weg zurückgelegt hatte, fühlte Pallitchy wirklich, wie sich seine Anstrengungen lohnten. Er schritt auf die Brücke zu, dann sah er nach unten. Unter sich konnte er einen Fluss sehen, der entlang Felsen floss. Er fühlte sich schwindelig, dann hatte er wieder diesen starken Willen die Brücke zu überqueren, und er ging weiter. Nachdem er auf der anderen Seite angekommen war, wurde er mit einer grünen, saftigen Wiese unter seinen Füßen belohnt. Was das für ein Gefühl war! Was ein neues, unglaubliches Gefühl! Für das erste Mal in seinem Leben würde er etwas Neues erforschen. Dann erkannte er, was dieses Ding war, das er schon gesehen hatte, als er auf seiner Seite der Wüste stand. Für das erste Mal in seinem Leben sah er ein schwarzes Pferd. Was das für eine Bekanntschaft war!

Wolke, Wolke, Wolke.

Anfangs war es nur eine einzelne Wolke. Dann waren es zwei. Dann waren es mehr als zwei und alle verdichteten sich über Pallitchy's und Archy's Standort. Es war der Ort, wo sich die Wüste und das grüne Gebiet nahe des Ozeans trafen. Der Ort, wo eine Brücke zwei scheinbar natürlich getrennte Welten verband. Als sich die Wolken verdichteten konnte ein lautes, kraftvolles und hallendes Donnern gehört werden. Die Sonne verschwand hinter den Wolken und Pallitchy's Mähne wehte in kaltem Wind. Was das für ein Gefühl war! Was für ein neues, unglaubliches Gefühl!

Niemals zuvor hatte Archy ein Gewitter wie dieses erlebt. In ihrem Land war das Donnern normalerweise nicht so stark, nicht so heftig, nicht so dunkel und nicht so regnerisch. Niemals zuvor hatte Pallitchy ein Gewitter wie dieses erlebt. In seinem Land war das Donnern normalerweise nicht so dunkel, nicht so heftig, nicht so stark und nicht so verregnet. Dafür war die Nacht umso kälter. Als beide sich gegenseitig in die Augen schauten, als ein Lichtblitz das Gebiet hinter ihnen aufleuchten ließ, war klar, dass sie sich bald wieder treffen würden.

$\mathcal{N}$achdem sich das Gewitter beruhigt hatte stand es ihnen frei wohin auch immer zu gehen. Sogar die Sonne schien, Vögel fingen zu zwitschern an. Pallitchy war von der Schönheit des Ortes, den er zu sehen bekam, erstaunt. Nach dem Gewitter fühlte sich die Wiese unter seinen Füßen noch frischer als vorher an, und plötzlich schien sie für

Pallitchy so natürlich, dass er die grüne Wiese nicht mehr verlassen wollte. Das war jedoch genau das, was Archy wollte. Die Sonne wollte sie von allen Blickwinkeln aus betrachten, sogar von einer Wüste aus. Somit ging sie zu Babby, der über die Schönheit von Regenbögen während dunkler Tage nachdachte, sowie auch über sein Leben, seine Hoffnungen, Träume, Wünsche, Fantasien und Beziehungen.

*B*abby fiel, wieder einmal. Er musste nicht denken, er musste nicht glauben, er musste nicht fühlen, er musste nicht anfangen, er war einfach da, wo alles angefangen hatte. Er fiel weiter, und je weiter er fiel, desto schneller fiel er, desto mehr erlebte er, was es bedeutete, von einer Episode zur anderen zu fallen. Eine Episode, die noch nicht aufgehört und angefangen hatte, eine Episode, die das Zwischendrin repräsentierte. Es schien ihm so, als würde sich alles wiederholen, doch war das nur der Eindruck, den er hatte, weil er bisher nichts anderes kennengelernt hatte.

Er freute sich, denn seine Wasserblasen, die blitzschnell durch seine Erinnerungen flogen, nahmen alles, was sie kriegen konnten und ließen die Welt eine glitzernde Erfahrung werden. Für das erste Mal in seinem Leben fing er an, über seine Kindheit nachzudenken und wie er anfing zu glauben, eines Tages auf der anderen Seite eines Regenbogens anzukommen.

Er erinnert sich daran, wie er als kleines Kind vor sich hinträumte, dass er mit seinem Papierdrachen durch eine unbekannte Welt fliegen würde, über alle Felder und Wälder, die er nicht kannte. Was könnte diese Hoffnung auf etwas Besseres beschreiben als eine farbenreicher und niemals endender Regenbogen, der weit weg war?

Dann zersprang seine Gedankenblase. Mit seinen Beinen baumelnd fühlte er sich an seine Heimat erinnert.

- Wie würde der Wasserfall aussehen, würde er die Farben des Regenbogens tragen?
- Wie sieht Wasser aus, wenn es die Farben des Regenbogens reflektiert?
- Wie sehen Blasen aus, wenn sie Regenbogenfarben reflektieren?

Die kraftvollen Farben von tausend Regenbögen, die sich hinter Bergen liegend verbargen? Babby erinnerte sich an die Zeiten zurück, als er einen Drachen steigen ließ. Er dachte an die Kraft des Windes, der seinen

Drachen durch die Luft trug. Er stellte sich vor durch die Luft zu fliegen, dabei die Drachenleine haltend. Ihm kam in den Sinn, wie er selbst von einem dreieckigen Papierdrachen weggeblasen wurde. Wenn es bloß jemanden gegeben hätte, der ihm beigebracht hätte, wie man fliegt. Nicht mit Blasen, wie er, sondern mit bezaubernden Flügeln, die kein Drache in seinem Wald benutzen wollte um in die Höhe zu fliegen. Eine Ente schwamm auf der Oberfläche des Sees entlang. Sie plätscherte mit den Flügeln herum und sprudelte etwas Wasser durch die Luft. Während sie Babby träumend ansah, konnte sie die Verwunderung über Babby's Traurigkeit sprachlich nicht länger zurückhalten. Sie schnatterte etwas über den Regenbogen:

Dies ist die Welle, die gerne liebt,
da gibt's zu sehen was sich verliebt,

ein See, der fliegt schnell durch die Lüfte,
ein See, der hoffnungsvoll verknüpfte,
die Luft, die Sterne, Wunderträume,
ein Licht von genug Wunderräumen,

Ein Wellenlicht geht durch den Himmel,
Erleuchtungszeit, verlorene Stimme
Vögel sehen die Liebe schwebend
sie nehmen Ziele entflogen gebend,
sie suchen oben Gefühle der Mut
die Luft verspürt, beweist es dort gut,

wenn wir die Ideen der Pausen entdecken,
beleuchten wir licht die dunklen Ecken,
die Ecken der Luft sind unsere Liebe –
„weshalb bloß verstecken?

Hoffnung und Spaß ist dann in der Liebe,
der Liebe der Liebe, dort zu entdecken!
Unsere Welle, im Gefühl mit der Liebe,
Träume vergessen, in der Ferne die Ziele

den See zu sehen voll wahrem
Mut, das ist kein Traum,
entspricht er doch der Liebe gut

ein See der Räume, der alles verknüpft
die Freiheit der Liebe nach vorne gerückt!

Babby hörte nicht zu. Er konnte nicht hören, was die Ente mit ihm mit ihrem Gedicht sagen wollte. Babby sah nur den Kreis der Sonne, der sich vom Himmel abzeichnete. Er musste angesichts des Scheins an Mundee denken. Wie schön wäre es gewesen, mit ihr anstelle Archy an der Oberfläche über das Land zu fliegen. Mit ihr in einer Wasserblase in einen See einzutauchen und ihr beim Schwimmen zuzusehen. Auf ihrer Bühne, hunderte Zuschauer vor ihr und irgendwo ein fliegender Fisch. Da fiel es Babby wieder ein. Weil gerade kein Fisch in der Nähe war, fragte Babby die Ente, was es mit den Kästen auf sich hatte. Sie antwortete schnatternd:

„Die Kästen fangen dort, wo Du herkommst, das Licht von den Regenbögen ein. Das geschieht schon im Vorhinein unter Wasser, bevor sich aus den Regentropfen Bögen formen können. Das machen wir, damit keine anderen Vögel etwas von den Regenbögen haben. Sobald die Kästen beladen sind transportieren wir sie in das Land der Regenbögen. Dort gibt es jemanden, der sie für die Produktion von Stundengläsern einsetzt".

*Z*eit ist niemals Zeit ohne Wissen darüber, niemand wollte sich mit der Zeit eingehender befassen, nicht einmal die Zeitwesen, die auf der hellen Oberfläche des Planeten tickend herumkullerten. Je weniger sich mit dem Wesentlichen der Zeit beschäftigt wurde, desto weniger war man sich darüber im Klaren, was es bedeutete, wenn eines der Tiere versuchte etwas über Zeit zu erfahren. Niemand auf dem Planeten wusste, was die Bedeutung von Sonnenfinsternissen war und in welcher Beziehung sie zu den Zeitwesen standen. Es war so lange unklar, was die Bedeutung von allem war, bis die Sonne unterging und lustige Humpty Dumptys auf der Oberfläche erschienen, um ein gemütliches tick, tack, tick tack zu verbreiten, das stetig lauter wurde. Goldige Humpty Dumptys liefen gebrechlich auf der Erdoberfläche herum, hatten einen Eierkopf mit einem Zeiger und vielen Zahlen drauf, mussten wie so viele Tiere die ganze Zeit balancieren, und wenn ein Tier ein Humpty Dumpty nach der Zeit fragte, antwortete es exakt, machte tick, und das tack verriet, dass es etwas mehr gab, das nicht verraten werden durfte. Die Humpty Dumptys wussten, dass sie in Gleichgewicht sein mussten. Um die anderen daran zu erinnern, waren sie so wie der Planet zweigeteilt: Auf der einen Seite waren sie schwarz, und auf der anderen Seite weiß. Ihr Uhrwerk ging richtig. Wenn man sie bei Nacht durch den Wald laufen sah, konnte man eine schimmernde Kugel in ihnen sehen. Die Humpty Dumptys enthielten kleine Welten in sich. So lange die Welt in jedem ganzen Humpty Dumpty enthalten war, würden zwei halbe Humpty Dumptys, die das Ganze bildeten, zusammen bleiben und irgendwann ein neues kleines Humpty Dumpty zur Welt bringen, das Unvorstellbares erschaffen würde. Die Humpty Dumptys konnten nur tick tack machen, und weil sie ganz waren, vermehrten sie sich. Die nächste Sekunde brach an, jeden Moment konnte es Nacht werden. Die Humpty Dumptys hatten viel Zeit. Manchmal jedoch, wenn sie in ihren Höhlen zu früh geweckt wurden, liefen sie erschrocken auf dem Waldweg herum und weckten immer mehr auf, so lange, bis sie sich vermehrten.

Die Tiere hatten in den Höhlen schon immer von einer glücklichen Zeit geträumt. Dort ging es ihnen gut. Doch sie konnten nicht mehr ruhig schlafen. Die Tiere konnten sich nicht entspannen. Sie waren nicht erholt genug. Eines Tages erschreckten sie deshalb schlafende Zeitwesen aus den Höhlen. Sie wollten sie nicht wecken, doch sie wussten nicht, was sie taten. Die Humpty Dumptys wurden an der Oberfläche aus ihrem erholsamen, dunklen Schlaf geweckt. Sie führten in ihren Höhlen einen Schlaf, der es ihnen eines Tages ermöglichen sollte in Frieden mit den anderen Tieren zu leben. Da sie inmitten ihrer Entwicklung geweckt wurden und sie nicht aufstehen wollten, kullerten die Humpty Dumptys von Hügeln herab. Die Humpty Dumptys waren konstant und panikartig auf der Suche nach Zeit. Sie konnten nicht schlafen, weil sie von fliegenden Fischen dazu gebracht worden waren, nur halbentwickelt auf dem Planeten herumzubalancieren. Das also war es, was sie taten; sie waren auf dem Weg zu einem Produzenten von Stundengläsern, nur dass außer Mundee und der Ente niemand etwas davon mitbekam.

In der Unendlichkeit ihres Lebens fiel den Humpty Dumptys nicht auf, dass sie sich ständig vermehrten und da sie die Welt in sich behielten und eine undurchdringliche Schale hatten, wusste niemand etwas von der wahren Bedeutung der Zeit und von ihnen. Die Humpty Dumptys wackelten mit ihren Eierköpfen zusammengeschrocken auf ihrem Planeten vorwärts und zurück und verbreiteten Panik. Je weniger die flüchtenden Humpty Dumptys Zeit in ihren Höhlen verbringen wollten, desto mehr träumten sie so von etwas, das sie sich genauso wie die

Oberfläche des Planeten zu Tage vorstellten. Je mehr sie davon träumten, desto weniger Zeit hatten sie.

Während Babby die Zeit vergaß, spie er unzählbare Wasserblasen. Er hatte mit den suchenden Tieren seine Kindheit längst vergessen, damals, als er mit ihnen den Regenbögen folgte, als er seine Freiheit genoss. Damals, als ihm die Zeit nichts ausmachte und er sie fragte, ob sie wüssten, was auf der anderen Seite ist. Babby holte die Wirklichkeit wieder zurück, seine Wasserblasen waren wieder da. Nur diesmal war weder Archy noch Mundee in ihnen. Es wurde dunkel, und in der Entfernung stiegen Feuerwerksraketen empor. Durch diese zu fliegen hätte ihm nichts ausgemacht. Er erkannte, dass die Strahlen urplötzlich da waren und farbenprächtig verschwanden. Die Veränderung, die die Tiere erleben wollten, war mit einer Feuerwerksrakete vergleichbar, die weit hinweg über die Wolken geschossen wurde.

Durch das Streben nach Glück oder Energie wurden die Tiere von dem Guten oder vom Bösen abhängig. Es wurden verschiedene

Gründe gefunden, um eine zusätzliche Trennung in Energie zu rechtfertigen. Dazu eignete sich besonders die natürliche Trennung in Gut und Böse. In den Wäldern wurde davon gesprochen, dass die Sonne eines Tages aufhören würde am Himmel zu strahlen. Die Tiere wollten die Sonne nicht vergeuden, denn sie dachten, dass die Strahlen der Sonne begrenzt waren. Da sie dachten, dass sie die Sonne sofort auskosten müssten, wurden sie von ihren leuchtenden Strahlen abhängig.

Die Tiere lebten im Jetzt und dachten nicht darüber nach, wie es schön es doch wäre, würden sie hin und wieder einmal ganz ohne Sonne leben. Hätten sie nur gewusst, dass ihre Sonne einen langen Zeitraum überdauern würde. Während es auf der einen Seite des Planeten dunkel war, war die andere Hälfte auf der Oberfläche hell. Eine der Sonnen verbreitete dunkle Strahlen, eine andere Helligkeit. Der Planet drehte sich nicht nur um seine beiden Sonnen und drei verschiedenen Monde, sondern auch um sich selbst. Die Tiere auf dem Planeten wussten nicht, dass ihre Energie unendlich war und sie nur Teil eines Größeren. Sie konnten glücklich sein wie Babby, doch nur, wenn sie den Gedanken an ihre begrenzte Energie aufgaben. Da die Tiere dachten, dass sie in ihren getrennten Höhlen glücklich werden könnten, erschien eines Tages eine Sonnenfinsternis. Als das Blau des Himmels immer dunkler wurde, waren sogar Babby's Wasserblasen nicht länger sichtbar.

*A*ls Babby gerade über Archy nachdachte, konnte er ihre Schnauze an sich schmiegen fühlen. Als sich ihre Augen trafen, leuchtete ganz weit weg eine Rakete auf, die sich in dem verschwommenen, nassen See, vor dem er saß, widerspiegelte. Wie schön wäre es gewesen, hätte sich die Explosion mit einem Regenbogen vermischt und ein Feuerwerk der Farben entfacht. War es Babby's Fehler, dass seine Regenbögen nicht da waren, wo er sie erwartete?

- Wie sehen Blasen aus, wenn sie Regenbogenfarben reflektieren?
- Wer wusste?
- Was wusste?
- Wieso wurde es Wirklichkeit?

War alles wirklich nur Zufall? Oder konnte man sich „darunter" womöglich etwa vorstellen, das die Wirklichkeit nur verdeckte? Musste man vielleicht tauchen gehen, damit man verstand, was es war?

$\mathcal{C}$oopa sandte eines seiner schwarzen Pferde hinaus. Richtung Sonne. Die weißen Einhörner, die wir kennengelernt haben und die innerhalb eines Schattenteils des Luftschlosses gelebt hatten, über dem eine dunkle Sonne ihre Strahlen verbreitete, standen nicht länger zur Verfügung. Die Engel hatten an ihrem dunklen Ort schon vor langer Zeit die kleinen Einhörner in ihr Leben integriert. Es war nur noch ein schwarzes Pferd vorhanden, das einen glitzernden Weg entlang ging. Seine Mähne wehte im Wind, und es stürmte herum, während es trabend in der Ferne verschwand. Egal, welchen Weg es nahm, es wurde immer beobachtet. Egal, was für eine Bewegung es machte, auf die Richtung kam es an.

Seine Mähne flatterte im Wind, während es im Galopp trabte. Hinter ihm Engel, die neugierig waren, was denn passieren würde. Das Pferd schien anfangs zögerlich, doch dann in Eile zu sein. Sobald die Engel dachten, dass das Pferd zu schnell lief, begannen sie rot zu glühen, leichter Staub löste sich von ihren Flügeln. Die Engel wurden in einen Schwebezustand versetzt, der bewies, dass sie Träger von glitzerndem Staub waren. Sie ruderten durch die Luft. Staubkörner formten eine goldene Wolke, die größer wurde und den Weg verdeckte, den das schwarze Pferd entlang gelaufen war. Einige Zeit lang stand es vor der Staubwolke, nahm Anlauf und lief durch herumwirbelnden Goldstaub. Nachdem es eine Wolke, die alles andere in ein Rot eintauchte, durchquert hatte, stand es vor einem glänzenden Tor, das in den Himmel ging. Es bestand aus einer durchsichtigen Mauer, die es ermöglichte hinter allem, was fest zu sein schien, hindurchzuschauen. Als das schwarze Pferd die durchsichtige Mauer für eine Weile betrachtete, tauchte eine sternenklare Nacht ganz ohne Engel auf. War es dabei das Ziel zu erreichen? Hatte es den richtigen Weg gefunden?

Es betrachtete sich die Mauer genauer, und als es sich ihr näherte, erkannte es, dass es da durchgehen konnte. Eine Öffnung in der Mauer. Die rote Wolke legte sich. Niemals zuvor hatte es ein Tor, hinter dem sich nichts befand, gesehen. Konnte das, was sich hinter dem Tor befand, wahr sein? Nachdem das schwarze Pferd hindurch gegangen war, schloss sich die Öffnung wieder. Es drehte sich noch einmal herum, und dann verschwand alles, was das Pferd umgab, inklusive der Mauer, den Wegen und dem Staub. Nichts war mehr sichtbar, kein Himmel, sondern eine Silbermauer umgab sie, und dahinter nichts.

Das schwarze Pferd fühlte sich, als ob es zu Hause angekommen wäre. Es fragte sich, was passieren würde und weshalb alles so still war. Es gab längst kein Tor mehr, die Töne hatten sich aufgelöst. Es stand in der Mitte einer großen Halle, umgeben von nur einer Silbermauer. Obwohl es da nichts gab, außer einem silbernen Licht, schaute es sich neugierig alles an, das es sehen konnte. Und dann fing sogar die Silbermauer zu verschwinden an. Von nirgendwo, ausgehend von einem kleinen Punkt, der nicht sichtbar war und sich in der Mitte befand, fingen Bäume zu wachsen an, und während das schwarze Pferd sich die Entwicklung der Bäume ansah, sah es kleine Schmetterlinge näher kommen, die sich auf Blüten setzten. Kurz nachdem sich die ersten Bäume gebildet hatten, war alles um das schwarze Pferd herum grün. Blumen fingen an auf der Wiese zu wachsen, Wolken begannen sich zu bilden. Sie waren klein, fingen an immer größer zu werden, bis jede Einzelheit erkannt werden konnte. Endlich stand das Pferd vor einer Brücke. Die Sonne schien, Vögel zwitscherten, die Umgebung sah grün und gesund aus, und es dachte darüber nach den Weg über den Fluss zu nehmen und die Brücke zu überqueren.

$\mathcal{S}$obald eine Sonnenfinsternis erschien, die den Planeten verdunkelte, verspürten die Tiere, dass ihr Leben sie von Zeit zu Zeit nicht glücklich machte. Einige Tiere glaubten an das Schlechte in allem, dann wurden sie noch unglücklicher als zuvor und verzogen sich immer weiter. Sie bemerkten, dass ihr Leben nicht in Gleichgewicht war, weil sie vor langem einmal eine Trennung eingeführt hatten. Hätten die Tiere nicht die Trennung in Gut und Böse eingeführt, hätten sie sich nicht in ihre Höhlen flüchten müssen. Doch ohne Gut und Böse hätten sie ihren Rückzug nicht begründen können, und alles wäre ihnen zu langweilig gewesen. Die Tiere schauten bei einem sternenklaren Himmel weit in die Ferne, gerade als die Sonne von dem Mond verdeckt wurde. Sie erkannten, dass die Sonne nun nicht immer da war, selbst wenn sie es sich wünschten. So erkannten sie, dass es besser sei, wieder zurück in ihre Höhlen zu gehen, damit sie während dunkler Nächte den Traum eines glücklichen Lebens träumten.

Doch die Tiere machten sich Gedanken über etwas, worüber sie gar nicht hätten nachdenken brauchen.

Archy erzählte Babby über ihre Pläne, die sie geschmiedet hatte. Sie wollte für eine Weile bei Pallitchy bleiben und fragte sich, ob Babby nicht in seinen Wald zurückkehren wolle, wo doch alles so schön war.

Sie würde definitiv irgendwann einen Weg finden und er solle sich keine Sorgen machen. Babby war so sprachlos, dass er nur eine schimmernde Blase in die Luft speien konnte, die sich langsam von ihm fortbewegte, er rannte flatternd hinter ihr her, versuchte zu fliegen, hopste, und dann konnte er sie betreten. Seine Absicht war in der Höhe zu verschwinden, hinter einer der Wolken. Doch stattdessen verschwand Archy hinter einer der Wolken. Von einem Tag auf den anderen hatte sich Babby vorgenommen, sich nicht länger auf die Suche nach Regenbögen zu begeben. Archy schmiegte sich an ihren neuen Held namens Pallitchy, und sie genoss die Atmosphäre, die sich nun zwischen ihr und ihm entwickelte. Ein Atmosphäre, die noch leichter als eine Wasserblase war.

Tagelang waren Archy und Pallitchy durch eine Wüste gewandert, ohne etwas außer sich selbst und eine lange Durststrecke vor sich zu haben. Nach dem zweiten Tag kamen sie endlich dort an, wo Pallitchy lebte, wo sie eine freudestrahlende Sonne erwartete. Es war ein kleines Paradies in der Einsamkeit. Darum gab es nichts außer Wind, Sonne und Himmel. Archy´s Mähne wehte hinter ihr her, als sie herumlief. Pallitchy schaute so unschuldig. Beide traten durch ein farbenreiches Tor. Er präsentierte ihr gläserne Ställe, die er mit seiner Familie gebaut hatte. Wenn Archy und Pallitchy genug von der Sonne hatten, konnten sie die Vorhänge schließen.

Archy musste schlafen, denn die Wüste war für sie den Tag über zu heiß gewesen. Ihre schwarze Haut schien Hitze anzuziehen. Die Sonne hatte Archy's Körper den ganzen Tag über aufgewärmt, und nun musste sie sich abkühlen. Sie schlief sehr schön, während Pallitchy hinaus ging um zu erzählen, was er außerhalb seiner rosafarbenen Welt erlebt hatte. Als es langsam kälter wurde, kam Pallitchy zurück und führte sie an einen Ort oberhalb der Höhle, wo Sterne sichtbar waren. Er wollte ihr das Schwimmbecken zeigen. Es befand sich direkt vor ihrem Gebäude mit vielen Verzierungen. Schon von Weitem aus konnte es gesehen werden, und als Archy es das erste Mal sah, war sie von dem großen Diamant fasziniert. Er reflektierte die Sonne mit allen unterschiedlichen Arten von Farben.

Ein Ort wie dieser, das jedes Tier wegen der dortigen, speziellen, friedlichen Atmosphäre mochte, wurde in der Wüste Tempel, Moschee oder Kirche genannt, abhängig davon, wo sich der Tempel befand, wer zu dem Gebäude ging, und welche Sprache die Tiere sprachen. Wie auch immer, generell betrachtet war es immer dasselbe, es gab immer etwas zum Angucken, um erstaunt zu werden und zum Nachdenken. Obwohl alle Tiere dieselbe Sprache sprachen, hatten sie spezielle Vorlieben, und deshalb hatten ihre Gebäude unterschiedliche Namen. Ein Tempel sah anders aus als eine Moschee, eine Kirche sah anders aus als ein Tempel oder eine Moschee. Durch nahe beieinander stehende Gebäude sahen die Bewohner sofort den direkten Einfluss der Ideen der anderen, und dann beschwerten sich die Tiere über die anderen Ideen. Und das, obwohl ihre goldene Regel war: *„Beschwere Dich nicht ohne Grund"*. Einhörner wurden nicht verstanden. Sie hatten einfach nicht viel Zeit, um sich mit Ideen zu beschäftigen, zu sehr hatten sie damit zu tun Fliegen zu lernen ohne Bruch zu landen. Es gab sich verändernde, kombinationsreiche Muster in allen möglichen Kolorationen auf der Wiese. Der Diamant befand sich in einiger Höhe. Sogar wenn der Mond unterging bestrahlte der Diamant die Umgebung in allen möglichen Richtungen.

*E*s gab einige sehr schöne Plätze im Land von Weiß. Sie waren immer die allerschönsten Orte, die auf diesem Planeten existierten. Die Strahlen zeigten den Tieren die Richtung, in die sie schauen sollten: Aufwärts, denn der Diamant schwebte hoch oben, wo niemand ihn erreichen konnte. Somit war der Diamant vor Diebstahl geschützt, doch wer sollte auf ihrer Seite schon schlechte Absichten haben? Die Farben, die jedes Mal einzigartig waren, konnten warm sein wie die Farben eines Regenbogen, kalt wie Wasser oder hell. Rot, blau, grün und gelb übergegangen zu weiß, ohne dass jemand bemerkte, wie sehr sich der Diamant drehte. Alle Tiere waren gut. Es machte Spaß vor dem Diamanten zu sitzen und von dem besonderen Wert verblüfft zu werden. Archy stand vor einem Schwimmbecken und wusste nichts darüber. Sie konnte hervorragend schwimmen und sah einen rosa Tempel mit kleinen Gärten davor und eine Nacht voller Sterne, die die kalte Wüste beleuchteten. Es wurde immer kälter und der Himmel schien in die Unendlichkeit zu gehen. Das warme Wasser, in dem Archy schwamm, war der einzige Ort, an dem sie sich befinden wollte, denn er kühlte langsam ab, bis das Becken kälter als die Luft war. An der Oberfläche bildete sich durch die Luftfeuchtigkeit ein Nebel, der nach oben stieg. Pallitchy gesellte sich zu Archy. Wie so viele Einhörner schwammen sie durch das Wasser, immer ein bisschen näher als die anderen. Eine Glocke fing an zu läuten, das Pendel bewegte sich hin und her und das Geräusch wurde so laut, dass es von allen Einhörnern gehört werden konnte. Das Geräusch wies die Einhörner darauf hin, dass es Zeit war das kalte Wasser, in dem sie sich befanden, zu verlassen. Viele achteten nicht auf ihre Gesundheit und hatten kein Zeitgefühl, wann es soweit war sich zurückzuziehen. Stattdessen planschten viele Einhörner eine Weile herum. Erst dann stiegen sie aus und trockneten sich. Dann pilgerten sie zurück in ihre verglasten Höhlen. Der Weg schien sich unendlich weit in die Ferne zu ziehen.

$\mathcal{A}$rchy's Herz schmolz dahin, sie sah Pallitchy in die Augen, und sie konnte seine Wärme spüren. Sie solle mit ihm hinter das Glas kommen, ihm sei zu kalt. Die Sonne habe seine Haut den Tag über nicht aufgewärmt. Es war in der Wüste ganz normal, dass es die Nacht über minus vierzig Grad wurde. Er hatte schon oft beobachtet, wie sich auf dem See Eis bildete.

Alle befanden sie sich auf demselben Weg, außer Archy, das schwarze Pferd. Sie wartete, bis das Wasser vollständig gefroren und der obere Teil zu einer großen Schicht Eis gefroren war. Dann fing sie an wie eine Eisfee einen Tanz einer Eiskönigin aufzuführen. Sie lernte, wie man auf dem Eis tanzt, und alle außer sie selbst wussten, dass sie ein Naturtalent war, doch nur wenige konnten es sehen. Während Archy ihren Tanz auf dem Eis aufführte, kehrten ein paar Eichhörnchen aus ihren Baumhöhlen in ihre Gärten zurück. Sie schauten sich Archy an. Sie war schon gewohnt Publikum zu haben, allerdings nicht so klein. Als die Eichhörnchen ihre Bewegungen, ihre Mähne im Wind, das beschienene Einhorn und die leuchtenden Augen sahen, konnten sie nicht aufhören. Sie konnten sich nicht sattsehen, sogar wenn sie es gewollt hätten.

Anschmiegsam ging sie mit Pallitchy in einen Stall. Da das Eis so neu für sie war und die Wüste so warm, dachte sie darüber nach, wie es wäre auf dem Eis zu fliegen, in einer trockenen Wüste während einer Sternennacht. Nach diesem bewegenden Moment schliefen sie ein. Ihr Traum handelte von Tieren, die sie umgeben hatten.

Täglich lernte Archy neue Einhörner kennen, die mehr von ihr sehen wollten. Archy dachte darüber nach, wer noch mit ihr auf dem Eis tanzen wollte. Am nächsten Morgen fragte Pallitchy: "*Möchtest Du fliegen?*".

"Ja", antwortete sie mit ihrer bezaubernden Stimme. "*Dann komm mit mir hinter die Glaspyramiden, die von unseren Vorfahren erbaut wurden*", sagte er, und beide gingen.

$\int$ ie war ein Energiewesen mit Flügeln auf ihrem Rücken. Sie sah wirklich süß aus, während sie schwirrend ihren Weg durch die Lüfte nahm. Sie konnte dort fliegen, wo auch immer sie es wollte, und immer wenn sie irgendwo ankam, ließ sie es heller werden.

Jeder mochte sie. Pallitchy mochte sie. Archy mochte sie. Babby mochte sie. Und Summody fing an sie zu mögen. Sie war die Gehilfin. Wo sich die Gehilfin befand, verbreitete sie so lange ihr Licht, bis ein anderer Ort heller als der ursprüngliche Ort wurde. Sobald der Ort, an dem sie sich flatternd herumbewegte, an Bedeutung verlor, flog sie zu ihren Freundinnen. Sobald das Licht, das sie verbreiteten, erlosch, dachten die Gehilfinnen, dass ihr Ausdruck des Lichts eine Zeitverschwendung gewesen sein musste. Dann flogen sie zu einem neuen Ort, der ihnen immer mehr zu versprechen schien. Es flogen überall Gehilfinnen durcheinander durch die Luft und ließen Orte aufleuchten. Kleine Lichtkugeln setzten sich von den Flügeln der Gehilfin ab, verloren ihre Energie, wurden dabei immer dunkler. Nachdem die Gehilfin bemerkte, dass sie genug Licht an einen Ort gebracht hatte, flog sie zu Orten mit Engeln und wurde selbst zu einem.

$\mathcal{W}$enn die Wolken von Zeit zu Zeit verschwanden konnte die Sonne hin und wieder gesehen werden, deren Lichtstrahlen durch die Eingänge der Pyramiden und Höhlen schienen. Die hoffnungsvollen Strahlen reichten vielen Tieren nicht aus. Manche Tiere schliefen bald sogar am Tag und träumten von einem glücklichen Leben, das keins war. Oberhalb der Höhlen, unterhalb der Oberfläche, und in Wirklichkeit überall dachten Tiere, dass sie wenigstens durch ihre Träume die Sonne erreichen würden. In ihren Pyramiden und Höhlen, die nicht der Wirklichkeit entsprachen, fühlten sie sich glücklich und gaben dort vor, dass Sonnenfinsternisse unmöglich seien. All das, damit sie voller Zerstreuungen und voller atmosphärisch faszinierend angespannten Gedanken frei von vielem leben konnten.

*M*anche Orte fingen mit Hilfe der Gehilfin an so hell zu werden, dass die Gehilfinnen sich in der Unendlichkeit verflogen. Wenn sich eine Gehilfin verirrte, gab es glücklicherweise noch Engel, die zumindest den Eindruck machten, als ob sie sich auskennen würden. Sie zeigten den Gehilfinnen den Weg zu helleren Orten. Die Gehilfinnen wussten sie nicht, was sie taten. Sie fragten nicht „*Weshalb?*" oder „*Wozu?*", denn es schien ihnen zu viel Spaß zu machen Orte heller werden zu lassen. Während die Engel entlang der Wege der Schlösser flogen, zeigten sie den Gehilfinnen Wege, die nur für sie gemacht zu sein schienen. Die Strahlen der Engel und Gehilfinnen waren in der Unendlichkeit von Zeit verloren und ließen alles heller werden. Da die Sonne unendlich war gab es immer mehr Licht als jemals zuvor. Jeder einzelne Engel besaß die Fähigkeit die Wege mit Energie zu beladen. Wo sich Energie befand, beleuchteten die Gehilfinnen die Wege mit ihrem Licht. Statt mehreren, unterschiedlichen Luftschlössern gab es eigentlich nur ein einziges Luftschloss, an dem alle arbeiteten, zumindest war das der Traum, den die Engel eines Tages erleben wollten und an dem sie arbeiteten. Dafür wurden sie mit dem Licht der Gehilfinnen belohnt. Manche bemerkten nicht, wann es notwendig war anderen etwas von ihrer Energie abzugeben. Niemand wusste, warum das so war.

- Vielleicht lag es an den Strukturen, die sich Coopa in einem der Schlösser ausgedacht hatte?
- Vielleicht waren die Engel zu aktiv?
- Vielleicht waren die Gehilfinnen zu passiv?
- Vielleicht lag alles daran, dass sich die Engel und Gehilfinnen noch nicht wirklich verständigten und alles nur an fehlenden Kommunikationseinrichtungen in den Wäldern lag?

Eines Tages geschah etwas. In den Wäldern wurden Fragen mit Antworten vermischt. Oft stellten die Gehilfinnen einfache, kindliche Fragen. Während sie um die Engel flogen, fragten sie mit ihrer zauberhaften Stimme:
"*Kann ich dort hingehen?*", oder:
"*Kannst Du für mich dieses Muster von einem Ort zum anderen tragen?*", oder
"*Kannst Du einen glitzernden Raum der Freude, der Glücklichkeit und der Sonnenstrahlen für mich erschaffen?*" oder
"*Kannst Du mir dabei helfen den Sinn von dem Verborgenen zu entdecken?*". Plötzlich kam es zu einer Verbesserung der Beziehungen zwischen Engeln und

Gehilfinnen. Entwicklung war nun auf liebende Art und Weise möglich, weil beide sich verbunden hatten und kreativ Inspiration fanden. Ihr Name war Energie. Sie wusste niemals wirklich, was sie tat, während sie verspielt von einem Ort zum anderen schwirrte. Bis zu dem Augenblick, als aus der Ferne kleine, verschreckte, schwarze Einhörner auf die Gehilfinnen zuflogen und die eine Frage stellten, deren Antwort sie schon immer gesucht hatten.

Die Einhörner konnten von allem, das sie belastete, frei sein und erfuhren, was ihre Träume bedeuteten. Die Einhörner taten wirklich nicht viel mehr als herumzusitzen, zu essen, sich zu unterhalten und Geschichten zu erzählen, zu musizieren und und zu träumen, so waren sie glücklich. Was sollte schon daran falsch sein, was sie sich selbst ausgesucht hatten? Irgendwann war Archy dran. Sie versuchte zu singen, doch es war ihr unmöglich. Sie wollte ihr sonniges Lied anstimmen, das sie früher mit dem Vogel und der Katze durch die Wälder getragen hatte, doch ihre Stimme hörte sich einfach nur anders an. Sie musste zuerst einige Mal versuchen, das Lied anzustimmen, bevor sie ihre neue Stimme, die sie hatte, hören konnte.

Es war die Stimme eines schwarzen Pferdes.
Nach einiger Zeit sang sie. Doch es war nur:

Ich bin hier,
ich die Sonne,
ich da kam,

zu der Sonne

was da ward
ist gekommen
zur der Sonne

Ein kleines, junges Einhorn fürchtete sich. Es
stand neben Archy auf und schaute mit ihr in
den Himmel, wo sich ein Tor abzeichnete,
golden glänzend, mit vielen Symbolen. Es
hatte so viel Spaß gemacht mit Archy
zusammen den Tag über zu singen und viel
Spaß zu haben. Das junge Einhorn fragte
Archy: *„Warum fühle ich mich nicht wohl?"*
Archy fühlte sich plötzlich traurig und spürte
mit einem Mal, dass der Ort, an dem sie sich
befand, nicht der Richtige für sie war. Sie
erinnerte sich an Summody, wie sie auf dem
Sonnenblumenfeld gestanden und zu all den
Tieren gesprochen hatte. Archy dachte über
Liebe nach. Bisher hatte sie sich immer sehr
geborgen gefühlt. Wieso geschah sogar das,
was sie nicht wollte? Es konnte nicht wahr
sein, dass die Einhörner Furcht davor hatten

die Wahrheit über sich und ihre Umgebung zu erfahren. Weshalb liebten sie sich selbst so wenig, dass sie Furcht davor hatten sich mit ihren Überzeugungen auseinanderzusetzen? Waren die Dinge, die ihr Summody erzählt hatte, falsch? Für das erste Mal in ihrem Leben fing sie zu zweifeln an. Was würde sich sonst noch als falsch herausstellen?

Was war richtig und was falsch? Was ist gut, was ist böse, und wieso dachte sie gerade jetzt über den Weg nach, den sie gewählt hatte, und das Universum an sich, das laut Summody voller Liebe sei?

Die Einhörner versuchten Archy zu erzählen, was gut war, aber da gab es so viele Dinge, von denen Archy dachte, dass sie gut seien. Verwirrt musste sie eine Pause machen und mit Pallitchy in die Höhle hinter den Vorhängen gehen. Obwohl er selbst diesen Ort verlassen wollte und wusste, dass etwas mit dem Leben der Einhörner nicht stimmte, überzeugte er Archy davon, an allem teil zu nehmen. Es würde ein Leben in der Wüste, nahe der Sonne, werden. Als Archy das hörte, war ihr klar: Sie lebte in einem sicheren Universum. Es gab nichts zu befürchten, nichts zu kritisieren, stattdessen nur Neues zu entdecken, um die Welt schöner zu machen, als sie es sowieso schon war. Liebe würde sie am richtigen Ort erwarten. Sie lief durch die Wüste, während es dunkler wurde und die Sonne hinter dem Horizont versank. Das junge Einhorn erschien aus einem Versteck, das von Misstrauen geprägt war, und im glitzernden Schein des Mondes, der gerade aufgestiegen war, fragte es Archy: *„Wenn ich nicht nach oben gehe, wo gehe ich dann hin?"*

Archy überlegte und antwortete so frei wie noch nie, denn sie hatte ihre ursprüngliche Stimme wiederentdeckt. Ein Tropfen fiel vom Himmel herab. Er landete auf Archy's schwarzem Einhorn, kullerte langsam, kreisförmig drehte sich der Tropfen um das Einhorn und glänzte dabei im Licht, bis er nach unten fiel und dem Sand seine Spur einprägte. Das junge Einhorn fragte: *„Ist es möglich, das Leben auf einen Planeten in Freiheit so zu organisieren, dass kein Chaos entstehen kann?„*
Archy antwortete. Beide Einhörner hopsten vergnügt über eine saftige, grün wachsende Wiese, die während einer dunklen Nacht von vielen Sternen angeschienen wurde. Dann überlegten sie sich, mit welcher Art von Tieren sie sich am liebsten befreunden wollten. Es war dunkel, und die Sonne war schon seit langem untergegangen. Sie befand sich in Archy und dem jungen Einhorn, das Vertrauen in die Zukunft gefasst hatte.

Als sich die Einhörnin aus dem Schloss auflöste, fühlte sie sich, als ob ihre Illusion, den Weg Richtung Helligkeit gehen zu können, von ihr entführt worden sei. Sie wusste nicht, ob sie traurig oder glücklich darüber sein sollte, denn sie war nach all den Tagen verwirrt. Es war, als ob sie von bestimmten Befehlen der Engel, die herumzeigten, bedroht werden würde. Es war, als seien ihre Instruktionen gegen die Illusionen der anderen Engel eingetauscht worden. Sie fühlte sich, als ob ihre Befehle, die nur aus Emotionen bestanden und nicht einmal aus einer direkten Beschreibung eines Weges, indirekt von den anderen Engeln bekämpft werden mussten. Das weiße Einhorn war zu unerfahren um den anderen Engeln von ihren wirklichen Plänen und Träumen zu erzählen. Die anderen Engel waren zu unerfahren um zu verstehen, was sie meinte. Sie fühlte sich, als ob sie sich auflösen müsste, aber begriff niemals, dass es nur die anderen Engel waren, die sie das denken ließen. Wenn sie doch nur in direkten Kontakt mit den anderen Einhörnern kommen könnte. Doch dafür war es schon zu spät, und so löste sich das Einhorn sprunghaft in viele kleine Einhörner auf.

Summody wurde älter und älter, Jahre vergingen und bald hunderte von Sonnen, die aufgegangen und untergegangen waren. Die Monde blieben zwar nicht am Himmel stehen, doch je weiter Summody ging, desto kleiner wurde ihr Schatten. Sie wollte noch immer alle Tiere gesund machen, wie dem auch sei, zur selben Zeit fühlte sie mehr und mehr, dass es zu viel Kraft von ihr nehmen würde. Diese Kraft war die Energie, die sie besaß, um Tiere zu heilen, diese Kraft war aber auch die Energie, die sie benötigte, um sich um sich selbst zu kümmern. Die Kraft, die von ihr genommen wurde, war, was sie benötigte um ihre Zaubersprüche wahr werden zu lassen. Summody hatte noch einen Wunsch. Einer ihrer Träume war eine Hütte in der Mitte ihres Waldes, mit Wegen, die so schnell wie möglich zu ihr führen würden. Sie wollte, dass alle Tiere in ihrem Wald sie so schnell wie möglich finden würden, damit sie helfen könne. Irgendetwas schien sie jedoch davon abzuhalten ihren Wunsch wahr werden zu lassen. Summody schien von der Welt zu erstaunt zu sein, um so zu handeln, wie sie es gerne wollte.

Summody war so erstaunt von ihrer Umgebung, dass sie ihre Vergangenheit komplett vergaß, und auch die Zeiten, als sie sehr zufrieden mit allem war, was sie damals besaß. Inzwischen hatte sie schon ihre Tiere in den Wäldern vergessen, die sich immer um sie herum versammelt hatten. Sie hatte die Männer aus ihrem Wald vergessen, die sie für ihre Fähigkeiten bewunderten. Sie hatte schon die Vögel und den Adler vergessen, der immer noch manchmal traurig wurde. Er saß bei Nacht gedankenverloren in einem Baum und dachte darüber nach, wie das Leben anders sein würde, wäre sie noch da. Dann träumte er von ihr, so als sei sie von einem anderen Stern und unerreichbar. Summody hatte in der Zwischenzeit alle vergessen, die sie so sehr liebte. Mit Sicherheit haben sie die Geschichte einer heiteren Frau an ihre Nachfahren weitererzählt.

Etwas Enormes hatte sie auf einen Weg geführt, von dem sie nicht zurückkommen würde. Als sie sich das klarmachte, war sie schon von ihrem Weg abgekommen, und es war zu spät um zurückzukehren. Sie konnte nicht mehr über das, was geschehen war, nachdenken, da es zu schockierend für sie war. Sie hatte nun ihren Weg zu gehen und darin zu bleiben, erstaunt zu sein von all den Dingen, die sie erleben würde. Obwohl sie sich zurückzog und man sie daher auf ihren Lagerplätzen vor ihrem Zauberkessel sitzen sehen konnte, ohne dass sie sich Besuch wünschte, gab es Hoffnung für die Tiere in ihrem Wald. Die Tiere wollten die Frau, die mit ihrem Zauberkessel Richtung Freiheit gewandert war, besuchen. Der Kessel wurde von dem Feuer unter dem Kessel in ein rotes Licht eingetaucht, und als er lautstark brodelte und kleine Luftblasen mit dem sich bildenden Wasserdampf nach oben stiegen, war nicht klar, ob er sie wieder zurück auf ihren Weg bringen würde, oder ob es etwas anderes sei. Sie rührte ihre Nudelsuppe im Kochtopf und murmelte einen ihrer Sprüche vor sich hin. Diesmal war es ein Spruch, der ihr zwar eine gewisse Freiheit schenken würde, ihr aber dennoch keinen wahren Weg zeigen wollte. Sie konnte sich für keinen entscheiden. Deshalb war auch ihr Traum der bedingungslosen Liebe niemals in Erfüllung gegangen. Da sie sich niemals für etwas entscheiden konnte, konnte sie sich nur noch während der Nächte an die fröhlichen Momente in ihrem Leben erinnern.

Eines abends saß sie vor ihrem vom Feuer glimmenden Kessel, den sie immer mit sich herum trug, er schaukelte mit ihr gemeinsam durch die Luft in der Kälte des Waldes, und in der Stille ertönte ihre Stimme, die von vielen Tieren in der Ferne wahrgenommen wurde. Schon von weitem aus zeichnete sich der Lagerplatz ab, man konnte vor dem dunkelbraunen Himmel mit dem hellen Mond und vielen Sternen ihre schwarze, dunkle Figur sehen. Das Licht des Mondes schien sie an, und das glimmende Feuer verlor sich in der Unendlichkeit der Weite. Hätten andere den Weg gekannt, hätten sie die vom Feuer angeleuchtete Frau besucht. Doch die anderen schliefen, und nun sagte Summody ihren Zauberspruch auf. Ihr Gesicht spiegelte sich im Mondschein. Alle Farben, die es nur gab, schienen aus dem glimmenden Kessel, an dem sie sich ihre Hände wärmte.

Sie baumelte und klimperte in den Wald hinein bis zum kommenden Morgen, als die Sonne wieder aufging, und sie vergessen hatte, was sie aus welchem Grund auch immer die Nacht über getan hatte. Es war wie eine Mauer, die sie um sich selbst gebaut hatte und die es ihr nicht erlaubte sich selbst von außen aus zu betrachten, würde sie nur über die Mauer klettern und ihre strahlende Schönheit in ihrem Glanz wahrnehmen. Dann würde sie das wahre Potential ihrer Seele nutzen kön-nen. Es war eine Entscheidung wert, die die Frau nun treffen musste. Doch stattdessen erschallte im Wald nun ihr Zauberspruch, den sie die Nacht über aufgesagt hatte:

Welch eine Ablenkung

Nun da schaue an der Mauer
eine Grenze eine Halle
niemand sich zu sehen traue
dieses Ka da mit rie Irre

daher niemand nur ergreift
was da scheint so sehr ein Schein
das da lange uns verheißt
was da aussieht wie daheim

zeige niemand was sie kriegen
sollte das dann mal so liegen
wirst du es dann schon schnell bereu'n
ist es getan ist's schnell verlor'n,

kein Platz vorhanden zum Verbessern,
denn all hier ist was wir nie lassen
durch das Tor hindurch eine Silber Mauer
handgemachte Schönheits-Halle

dringe ein erfahre groß
eigne Hilfe Hass ganz klein
Passier' die Höhle schmeiß 'nen Stein
auf der Höhe nimm' den Feind

denn er ist
ganz allein

nimm Deinen Hass

fühl den Stein

verwirrt wie ein Tor
der Herrscher vom Thron

Schwergewicht große Last
bald getan
trau Dich nicht
nimm es nur kann nicht sein
fühlt sich an wie ein Stein

falls 'ne Pause
nicht der Sohn
der da ging
ohne Lohn

es ist nur die
Silber Mauer
der Fantasien und Träume

oh große Halle
erlaube das Verströmen falscher Liebe
so dass die Unfähigkeit erschalle

zum Wunder und zum Traum
in einem großen Raum

*E*legant fliegende Engel waren diejenigen, die Coopa's Schloss mit Hilfe von fliegenden Helferinnen verzauberten. Alle flogen mit ihrem bunten Licht herum und strahlten Sonnenuhren an. Für manche Engel war es einfach zu viel Licht, das sie verbreiteten, geblendet davon mussten sie den Ort verlassen. Immer, wenn Coopa viele Engel zur Verfügung hatte, war er mächtig. Dann war er nicht länger dazu in der Lage ohne seine Engel zu leben. An einem seiner schattigen Orte saß Coopa gut versteckt auf seinem Thron. Es gab beinahe niemandem, der dazu in der Lage gewesen wäre ihn zu stürzen ohne viel dafür tun zu müssen. Coopa hatte ein paar Engel als Torwächter. Niemand konnte ohne seine persönliche Erlaubnis unerlaubt hindurchgehen. Coopa besaß den Schlüssel, kein er, sie, oder es.

Tage- und nächtelang hatte eine Frau versucht in seine Nähe zu kommen. Ihr Feuer war noch nicht erloschen, und schon von weitem hatte sie nach ihm Ausschau gehalten. Sie kannte den Weg, den sie zu gehen hatte, denn sie war schon oft genug da gewesen, so oft, dass es ihr allmählich reichte.

Es wurde so speziell, dass nicht einmal ein einzelner Vogel ein Lied darüber singen konnte. Sie wollte nicht über Mauern klettern, sondern durch das hölzerne Haupttor eintreten, das von zwei Engeln bewacht wurde. Diese hatten nicht viel zu tun, tatsächlich flogen sie frei herum. Wenn sie jemanden nicht kannten, erzählten sie ihm, dass Coopa nicht da sei.

„Es ist für Dich geschlossen", hieß es.

Niemand konnte mit ihr Spiele spielen. Sie konnte fliegen, falls nötig sogar Engel verzaubern. Doch sie wollte so nicht länger sein. Sie war froh, dass sie diesmal nicht noch ihre anderen Freundinnen um diesen mystischen Ort herum traf. Normalerweise hätte sie mit ihnen gemeinsam einen Kessel ausgepackt und Zaubersprüche aufgesagt. Als die Frau durch das Tor lief, schauten die anderen Engel sie neugierig an.

Nicht jeder kannte Coopa. Es muss gesagt werden, dass er männlich war. In dem Palast befand er sich, glitzernd hinterließ er seine Spuren - der Lichtkegel, der ihn umgab, leuchtete hell auf, wenn er um eine der Ecken schlich. Ein dunkler Schatten wurde aus einer dunklen Ecke auf den Boden geworfen. Coopa tauchte an einem Ort, den er für sich beanspruchte, auf. Stundengläser leuchteten. Schnell wie der Wind, der durch den Palast zischte, näherte er sich dem, was er suchte. Coopa nahm seinen Umhang, den er hinter sich herzog und bedeckte damit seine Schultern. Nun stand er vor einer Frau, die über Tage hinweg gelaufen war. In den Wäldern hatte sie zunehmend gespürt, dass sie ihm näher kam. Er wollte sie von seinem Palast fernhalten. Er glimmerte dunkel, war voller schattiger Orte, die Sonne nahm ihren Ursprung am Eingang des Palasts, einem weitreichenden Tor, das hoch in die Lüfte ging. Aus diesem Tor strömten keine Wege hervor, so wie beim Luftschloss, denn es war niemandem erlaubt, Coopa's Palast zu betreten. Coopa wusste niemals, was er mit denjenigen tun sollte, die das eigentlich unerreichbare Tor erreichten. Manche waren auch schon über dunkle Mauern geklettert. Wenn bloß einige Tiere, die auf der Suche nach Coopa waren, gesehen hätten, was sich in dem Palast befand.

Für jedes Tier, das sich auf dem Planet befand, besaß Coopa ein Stundenglas. Mit ihren bunten Farben zeigten die Stundengläser Coopa auch, wie viel Energie und Fröhlichkeit noch übrig war. Der Ort der Stundengläser überschattete mit seiner Helligkeit die Engel.

Er war beinahe doppelt so groß wie sie. Nach einem abwartenden Moment fragte Coopa: *„Was befiehlst Du mir?"*.

Sie antwortete: *„Die Sanduhren stehen Kopf! Lass' mich sie umdrehen"*. Coopa sehnte sich auf einmal danach, diesen Wunsch wahr werden lassen. Sie hätte ihn schon viel früher fragen können. Coopa ging aus ihrem Sichtfeld und verschwand in der Entfernung, wo er Stundengläser in Regenbögen verwandelte. Als er eines umdrehte, gewann es neue Farben. Es erschienen hundert weitere. Alle von ihnen hatten eine bestimmte Menge an Zeit. Als Coopa ein einzelnes, lilanes Stundenglas umdrehte, glitzerten auf einmal auch alle anderen auf. Sie brauchte nicht zweifeln, ob das nun gut war, denn er würde für sie alles tun – auch Gutes. Es gab für sie nichts zu befürchten, egal ob die Umgebung grün, rot oder braun wurde, wenn die Sonne schien oder wenn es Schatten gab. Leider machte Coopa gerne nach, was andere vor ihm taten. Coopa verschwand, die Stundengläser verwandelten sich in Wasserblasen, ein Regenbogen erschien, und er fragte Summody: *„Was ist denn hier los? Kannst Du mich dahin bringen, wo diese Regenbögen sind? Ich möchte gerne in einer Welt der Regenbögen leben"*. Eine Sanduhr drehte sich herum, beklagte sich[*], und nach einer weiteren Drehung lief die Sanduhr einfach auf und davon, und auch Summody begab sich aus dem Schloss zur Sonne zur Freiheit.

$\mathcal{A}$ragon der Wanderer lief ebenfalls mal wieder herum. Er war auf einem dieser vielen Wege und Strecken der Erinnerungen, die sich bis in die Unendlichkeit fortzupflanzen schienen. Er betrachtete sich jede seiner Erinnerungen sehr genau. Als er so herumwanderte, wedelte er mit seinem Zauberstab durch die Luft, und ein glitzernder Schweif folgte all dem, denn das war die Besonderheit an Aragon: Er konnte alles verzaubern.

Aragon kannte viele Tiere, liebte sie über alles, er hatte jedoch keines von ihnen jemals wirklich kennengelernt. Als er eines Abends durch den Wald ging, sah er sie in der Ferne sitzen, vergnügt hopsten sie auf seinem Stein

---

[*]   mit ihren Augen flirtend – lächelnd - in etwa so: *„Ihr spinnt doch alle!"*

herum, der nicht nachzugeben schien. Nun war Aragon da, wo er schon immer sein wollte. Er schaute sich um, nicht vieles war anders, doch vor ihm verbarg sich etwas Neues: Das Geheimnis. Als Aragon sich herumdrehte und erstaunt nach oben blickte, konnte Aragon sehen, wie sich Coopa's Palast vor ihm erhob.

Aragon war nun auf dem Weg aus seiner Höhle hinaus an die Freiheit. Er ging durch einen Tunnel, und dann befand sich auf der anderen Seite ein Ausgang mit einem hölzernen Weg. Aragon stand verwundert herum und traute sich nicht, die magische Zahl auszusprechen, die ihn näher zu derjenigen gebracht hätte, die er auf dem Stein sitzend vermutete. Doch sie war keine Zahl. Aragon erkannte, dass er Furcht hatte. Wovor bloß? Vor Symbolen, die sich vor langem einmal ein paar Tiere in seinem Wald ausgedacht hatten? War der Wald wirklich so böse, wie er annahm? Aragon wusste es nicht wirklich. Doch als er sich den hölzernen Eingang des Luftschlosses noch einmal genauer anschaute, erkannte er, dass es innerhalb des Schlosses viel gemütlicher war, als er es bisher vermutet hatte. Er holte einen Stein aus einer seiner Taschen hervor und legte ihn vor dem Eingang zum Schloss ab. Er wusste, wie man ein richtiger Magier wurde, denn er war selbst einer. Er wollte nicht mehr um Steine kämpfen. Das nächste Mal, wenn er hierher käme, würde gerne jeder ein Kämpfer werden wollen. Alle Aufmerksamkeit würde einem Schwert in einem Stein gelten.

Mit diesem Gedanken erwarte Aragon ein neues Leben. Er genoss die Wirklichkeit, der er gewahr wurde, und erkannte schnell, wie sich die Welt veränderte.

*A*ls Summody durch den Ausgang schritt, schauten die Engel sie neugierig an. Sehr viel schien ihnen unwirklich. Sie flatterten um die Frau, die Pläne für ihre Zukunft und die ihrer Freunde gemacht hatte, herum. *„Nehmt mich an"* war, was ihr durch den Kopf ging, was sie auch durch Worte ausdrückte.

*S*ie setzte sich auf einen Stein, den sie gerade entdeckt hatte, vor ihr der Weg, den sie zurück gehen würde. Mit ihren Armen und Händen stützte sie ihren Kopf nachdenklich ab. Ihre Ideen waren keine stillstehende Realität, sondern es gab da eine einzigartige Mischung aus kreativen Ideen. Sie hatte Babby's Potential erkannt. Dann verstand sie, dass er den richtigen Weg ging. Sie hatte Einfühlungsvermögen für ihn entwickelt, und das Wechselspiel der Lichter war verschwunden. *„Würden die Drachen an*

Babby denken?", fragte sie sich, denn das war die Voraussetzung dafür, dass Babby glücklich sein würde. Bei Babby, so war sie sich sicher, ging es nicht ausschließlich um Energie, wie bei Coopa. Als sie sich dazu entschloss, wieder zurück in ihren Wald zu gehen, konnte sie in der Ferne einen Blitz erkennen. Es war dunkel. Als schließlich das Blitzen des Gewitters stärker wurde, schaute sie sich den Palast von der Ferne aus an. Sie erkannte einen glimmernden Streif in der Entfernung, der sich vom Schloss löste, und aus der Entfernung sah es so aus, als ob da gerade etwas auf einer Geraden herumdotzen würde. Zuerst dachte sie an Flynn, doch mit der Zeit, als die Linie größer wurde, erkannte sie, dass die Gerade ein Weg war, auf dem Aragon auf sie zuging, und der Streif war der glühende Zauberstab, den er in seiner Hand hielt.

„Lange nicht mehr gesehen, Summody!", stürmte er los. Er hätte sich nicht vorstellen können, so hoch oben auf diesen Bergen jemanden zu treffen.

„Warum bist Du nicht bei Dir zu Hause?", fragte er sie.

„Ich habe mich verlaufen. Ich will hier einfach nur noch raus. Ich bin auf dem Weg zurück", antwortete Summody, und fügte hinzu:

„Ich brauche eine Blume, um Coopa für immer in eine Welt voller Regenbögen zu schicken, hast Du zufällig eine dabei?".
„Ich bin doch kein Blumenverkäufer, der auf Provision Blüten verkauft. Ich sammele lieber Steine", doch dann fiel ihm ein, dass er Samen von Bäumen mit sich herum trug.
„Wollen wir doch mal sehen, ob da nicht etwas für Dich dabei ist", sagte er, öffnete seine Tasche und holte ein paar Samen hervor, die er ihr gab.

„Da werden sich aber ein paar Vögel freuen", sagte Summody und trennte die Spreu vom Weizen, woraufhin schwupdiwups ein paar Bäume wuchsen.

Dunkelrote Wolken lösten sich aus dem erhellenden Reich von Coopa, formten sich zu einem unendlichen Gemisch aus verschiedensten Substanzen, deren einzigartige Wirkung im See der Gefühle unterging. Es war Zeit für etwas Neues, die Langsamkeit verging, und plötzlich war das Zeitempfinden doppelt so schnell. Eine Sekunde war so schnell wie eine halbe Sekunde, eine halbe Sekunde so schnell wie eine viertel Sekunde, und zwei Sekunden waren so schnell wie eine Sekunde. Die Uhr tickte doppelt so schnell, die Humpty Dumptys hatten nun mehr Zeit. Doch wehrte sich da nicht etwas in einem? War es die

Vernunft? War es der Verstand? Die rationale Sichtweise auf Ideen, mit denen man sich nicht wirklich beschäftigen will? In Wirklichkeit waren die Fragen und Antworten schon gleichzeitig da. Da gab es nichts zu zweifeln. Es passiert manchmal, nur einmal oder zweimal pro Jahr. Diesmal passierte es. Immer war es ein Wechselspiel der Lichter - und wieder einmal.

*A*n einem anderen Ort zeichnete Pallitchy in Archy ein Bild von einem schönen Leben in einer trockenen Wüste, nahe der Sonne. Es war das schönste Bild, das er jemals einem anderen Tier vermittelte. Doch verstand Archy nicht so ganz, was er sagen wollte. Alleine schon dafür hätte sie ihn lieben können. Von seiner eigenen Idee ergriffen erzählte er etwas, womit er ihr gegenüber seine Liebe ausdrücken wollte. Dann tanzten sie und sie sang:

Trompeten fliegen
wie ein wildes Pferd
versuchend werdend
nicht noch schlechter

sie dann sterbend
für den Schlichter
Engel fliegend

andre Seite

sie dann schreiend
Sehnsucht Mächte
versuchen was, und ob das reicht
für das Licht

sie sagen
Nur Coopa ist wahrer Liebhaber
verdeckt doch Hass und die
Verdeckung

Unser Liebhaber ist dies, er,
schreiend sterbend mit der Deckung
Wenn es mehr für uns da gibt,
wir bald sehen was dann gegangen

nur die Sterne, Träume, Licht,
lässt uns sehen was schien verlangen
sie wollen
Trompeten fliegend

wie ein wildes Pferd
versuchend werdend
niemals schlechter
sie dann betend

für den Schlichter
Engel fliegend
selbe Seite
sie dann betend

Sehnsucht Mächte
versuchen was, und ob das reicht
für das Licht

Ging es alles nur um Macht? Mit einem Mal war alles anders, denn das Verständnis über alles, was mit Macht zu tun hatte, ereilte sie. Es war wie verzaubert. Sie schlief ein und war sich nicht mehr sicher, wem oder was sie glauben sollte. Nun bezog sie Inspiration durch ihre Träume, und hätten die Suchenden den Weg gekannt, hätten sie ihr davon erzählt. Als sie wieder aufwachte, erschien ein junger Drache mit einem langen Bart auf einem magischen Teppich, landete vor ihrer Höhle und flog mit ihr in ein anderes Land, das Archy schon kannte. Es war ein Land, von dem sie stärker träumte als jemals zuvor, es war ihr Weg nach Hause.

*M*illionen Engel flogen sehnsüchtig entlang ihrer beschienenen Wege, die sich um die vielen Luftschlösser herum befanden. Immer noch suchten sie nach Coopa, und jedes Mal, wenn sie dachten, dass sie ihn gefunden hätten, war er wieder einmal mehr verschwunden, und ein neuer Weg zu einem neuen Luftschloss öffnete sich und zeigte den Engeln die Richtung zu der Sonne, die sie suchten. Irgendwo am Eingang müsste sich die schillernde Schönheit versteckt haben. Was diese Engel nicht wussten, war, dass es etwas Verstecktes innerhalb der Luftschlösser gab. Was die Engel suchten, waren die leuchtenden Gehilfinnen einer Sehnsucht, die heller war, als es sich jemand hätte vorstellen können. Mit ihrer Ausstrahlung kannte sie alle Tiere und Engel, die in den Schlössern herumflogen. Sie war zugleich alles, egal ob schwarz oder weiß, dunkel oder hell, gut oder böse, farbenreich oder schwarzweiß, gläubig oder ungläubig. Sie sah alles und war auch die Erschafferin von allem. Aus ihr hatte sich vor der Trennung der Trennungen alles einmal entwickelt. Während sie in einem Meer schwamm, das aus Bewusstsein bestand, wusste sie, dass es etwas mehr gab, das sich mit einer unglaublichen Energie farbenfroh verbreitete.

Sie wollte jedem Tier, das sie kannte, dabei helfen sich zu entwickeln und einen Weg finden. Sie war immer mit allem, das sie besaß, fröhlich, und tanzend durchdrang sie alles, was es gab. Sie lebte überall und war deshalb der Ursprung aller Energie und die Erschafferin allen Lebens. Natürlich hatte eine Frau in einer Stellung wie sie ihre kleinen Gehilfinnen.

Es waren weibliche Wesen, die um Schlösser herumflogen um ihre Aufgaben zu erfüllen. Wenn es genug Licht gab, flogen die Engel den Gehilfinnen hinterher. Wenn nur Dunkelheit alle Tiere umströmte, gab es Gehilfinnen, die Engeln hinterher flatterten. Alle beide waren so sehr gewohnt keine Fragen stellen zu dürfen, dass sie es bisher noch nicht gewagt hatten sich soweit heranzutasten, um etwas zu erkennen. Wenn die Gehilfinnen ihre Aufmerksamkeit umlenkten, bemerkten sie erst, was da für ein Austausch stattfand. Die Gehilfinnen zerstörten nicht, sie halfen nur. Sie verhinderten keine Entwicklung, stattdessen ließen sie das Wachstum der Lebewesen zu und fühlten sich verantwortlich. Gemeinsam mit Engeln konnte Kommunikation erst entstehen. Viele Engel waren Teil der Gehilfinnen, so wie Gehilfinnen Teil der Engel wurden. Die Gehilfinnen waren Licht für die Engel, doch Entwicklung war dennoch nicht immer möglich.

Das war wegen Coopa, der tatsächlich der typische Mann in dem Haus der Engel war. Er war dafür verantwortlich die Wünsche seiner Engel wahr werden zu lassen, doch oft genug konnte er sie nicht wahr werden lassen, weil die Schlösser, die sein Werkzeug waren und im Schatten seiner Wolken lagen, unabhängig von den Schlössern sein wollten, die nicht die gleichen Werte teilten. Sie sehnten sich nach mehr. Ein paar von Coopas Engeln auf jedem Schloss versuchten die Wolken, die die Luftschlösser verdeckten, an andere Stellen zu rücken. Wenn sie erfolgreich waren, konnte ein helles Schloss überall gesehen werden, weil es viel heller als die anderen Schlösser war, dann war es auch viel größer, doch manchmal erschienen andere Engel von anderen Schlössern und waren wegen des unfairen Spiels beleidigt. Fürsorglich kümmerten sich die unsichtbaren Gehilfinnen um jene Engel, die sich schmollend an einem dunklen Ort versammelten. Gewöhnlich verstanden die Engel der unterschiedlichen Schlösser die anderen Schlösser nicht, weshalb manche Engel innerhalb des Schlosses auf ihrer Suche nach Freiheit unabhängig werden und sich distanzieren wollten. Diese Engel kamen von anderen Schlössern mit Engeln, die ähnliche oder unterschiedliche Ansichten teilten. Die unterschiedlichen Schlösser fingen oft einen Krieg an, der sich tosend ausbreitete. Die Engel kämpften immer für positive Energie, die die Gehilfinnen Frau Sehnsucht spendeten und die dazu diente, die Wünsche von Engeln wahr werden zu lassen. Die Schlösser konnten niemals genug von dieser Energie besitzen, die die Gehilfinnen von einem Ort zum anderen trugen. Immer, wenn irgendwo ein Krieg anfing, war die einzige Möglichkeit für Frau Sehnsucht mehr Gehilfinnen zu rufen, die das Problem lösen sollten. Da es so viele Kriege gab, musste sie ihre ungeheure Menge an Energie oft beschränken, da sie niemals alle auf einmal verbrauchen wollte. Doch dann konnte es passieren, dass sie aufgrund der großen Anzahl an Wegen zwischen den vielen Luftschlössern so wenig Energie besaß, dass sie nicht alle von Schlössern träumen lassen konnte oder davon über Andere zu gewinnen und herausragende Helden zu sein. Frau Sehnsucht wollte nicht wahrhaben, dass sich die Engel und Tiere um den Planeten herum bekriegten, dennoch taten sie es. All das wegen Coopa, der sie so sehr träumen ließ, dass sie vor lauter Traum Frau Sehnsucht nicht sehen konnten. Sie musste für einen Ausgleich im Verborgenen sorgen, wobei ihr die Gehilfinnen dabei halfen. Anstatt, dass Coopa seine Engel auf die Gehilfinnen hinwies und mit Frau Sehnsucht zusammengearbeitet hätte, erzählte Coopa immer nur, dass sie besser, schneller, erfolgreicher und effizienter sein sollten und verweigerte viele weibliche Qualitäten von Frau Sehnsucht, die so nett zu all den Engeln gewesen wäre, hätte man ihr nur Gehör geschenkt. Da Frau Sehnsucht nicht mit all den kämpfenden Wesen Energie mit sich teilen wollte und Coopa ihnen nicht erlaubte, mit ihr zu reden, entschloss sie sich immer mehr Energie an ihre friedlichen Gehilfinnen weiterzugeben, um die Energie der Engel einzuschränken. Die Energie derjenigen Engel einzuschränken, die sich gegenseitig bekämpften, und nicht die Energie derjenigen Engel, die für ihr Schloss kämpften. Sie wollte nicht böse sein, sondern brav, doch sie musste es tun. Hätte sie ihre Energie nicht eingeschränkt, wodurch die Luftschlösser, die sie beherbergte, immer dunkler wurden, wäre es womöglich zu katastrophalen Zerstörungen gekommen. Nachdem Coopa die Zerstörung erschaffen hatte wurde alles anders. Sanduhren drehten sich und woanders leuchtete etwas auf, das alles überschattete.

Nicht länger konnte Archy so wie die anderen Einhörner herumfliegen und somit stand ihr Entschluss fest, wieder mit Babby Zeit zu verbringen. Diesmal würde etwas passieren. Bald würden ein paar Engel Frau Sehnsucht zuhören. Auch Frau Sehnsucht war sich dessen sicher, denn sie hatte folgende weibliche Qualitäten: Freundschaft, Beziehungen, helfen, malen, inspirieren, motivieren, Kinder auf die Welt bringen, sich vor Engeln verstecken lassen. Keiner, auch kein Drache, würde eingesperrt oder eifersüchtig sein.

*I*n der Zwischenzeit gab Babby in seinem Wald eine Party. Es kamen immer mehr Tiere, die überrascht gehört hatten, dass Babby zurück war. Glühwürmchen und Feuer speiende Drachen kümmerten sich um das Licht, und alle waren fröhlich. Babby hatte große Sehnsucht. Einfach nur mit seinem Schwanz im Wasser baumelnd saß er vor dem See und schaute sich darin die Reflektionen der Tiere an. Als sich kleine Wellen im See bildeten, näherte sich ihm ein weiß leuchtendes Pünktchen. Es klimperte, surrte, flog mit Leichtigkeit hin und her und kam ihm näher. Als es immer größer wurde, erkannte Babby, dass sich darin eine kleine Gehilfin verbarg. Sie flog um ihn herum, und als er sie verdutzt anschaute, blickte sie ihn erfreut an, und langsam verlor sie sich in der Unendlichkeit dieser einen Erfahrung, die Erkenntnis, wer er war. Babby behielt das Geräusch ihrer Flügel in seiner Erinnerung, und die anderen Tiere hörten sich Babby's Geschichte an. Als Babby eine Pause machte standen plötzlich zwei Drachen vor ihm. Sie waren gerade erst angekommen und sprühten Wasserblasen, wie er sie immer machte, in seine Richtung. Sie näherten sich ihm, und Babby war so sehr über die Reflektionen, die sich nun überall bildeten, überrascht, dass er sich nicht anders helfen konnte als verdutzt herumzustehen und sich anzusehen, wie die Blasen in den Himmel stiegen und in der Ferne verschwanden. Die beiden Drachen setzten sich vor Babby.

"Ich habe niemals Blasen wie diese gesehen", bemerkte die Eule. Die Vögel, die auf dem Baum saßen, zwitscherten: *"Sie sehen speziell aus!"*.
Die Katze, die vor Babby saß fragte: *"Wo kommt Ihr her?"*
Und Babby wollte gerne wissen: *"Wo habt Ihr das gelernt?"*

Die Drachen schauten in den Sternenhimmel, so wie es gewöhnlich nur weise Drachen taten, und antworteten:

"Das sind magische Blasen. Wir kommen aus einem Wald, wo wir die Inspiration hatten neue Wege für unser Leben zu finden. Dann trafen wir zwei Engel, die uns etwas Reizendes zeigen wollten. Wir waren so glücklich etwas neues zu entdecken, dass wir versprachen ihnen zu folgen. Dann kamen wir an einem kleinen Haus an, in dem eine Frau lebte. Sie hatte beobachtet, wie Du Blasen machst, und es uns erklärt. Möchtest Du mit uns mitkommen, Babby?", fragten sie.
Bald gingen drei Blasen nach oben in die Luft.

Summody saß vor einem Sonnenblumenfeld, denn aus irgendeinem Grunde liebte sie das. Es erinnerte sie an Bekanntschaften, die sie vor langer Zeit gemacht hatte, und sie befand sich dort mit einer Katze und einem Vogel, die beide vor ihr saßen. Sie trank ihr letztes Schlückchen Tee, leerte gerade die Tasse, als sie etwas in der Luft sah. Die Wolken verdichteten sich, und die Sonne war dabei zu verschwinden, als sie Luftblasen entdeckte, die ihr näher kamen. Also nahm sie eine Tasse und fing zu rennen an. Der Vogel fing, während er ihr folgte, laut zu zwitschern an, die Katze klingelte mit einem Glöckchen, das ihren Hals verzierte, alle waren auf dem Weg zurück. Sie konnten die Frische eines kalten Windes spüren. Nachdem sie an vielen Tieren und farbenprächtigen Blumen vorbei waren, erreichten sie Summody's zu Hause, das aus einer Holzhütte bestand. Adler flogen oben über ihrer Hütte entlang. Sie landeten und grüßten Summody. Als sie vor der Türe stand, liefen sie auf die Hütte zu, bis Summody, die sich trocknen wollte, verschwand und nicht mehr zu sehen war, weil es zu regnen angefangen hatte. In der Zwischenzeit landeten Babby und seine zwei Freunde auf einer nassen Wiese. Kurz darauf erschien Summody wieder aus ihrer Hütte und lud alle möglichen Tiere ein, die sich nun in Richtung Hütte bewegten. Summody fragte Babby: *"Was passiert mit Deinen Blasen, wenn es zu regnen anfängt?"*, und er antwortete: *"Nichts Besonderes. Jedesmal, wenn ein Tropfen auf die Hülle fällt, erscheint ein kleiner Regenbogen auf der Hülle. Wenn es also sehr stark regnet ist alles voller Farben, doch die Hülle ist fest genug um nicht zu zerplatzen"*.

*B*abby lebte von nun an in einer Höhle.

Das Licht der Höhlen, in denen Babby von nun an lebte, war kein Licht. Die Höhlen waren voller Schatten. Deshalb musste Babby erst einmal lernen, was es bedeutete zu lernen, denn bisher war Babby der Eingang zu diesem Tor verwehrt geblieben. Da stand er, vor einer Landkartenhalterung. Er sah einer Eule beim Flattern zu, bis sie etwas fand, woran sie sich klammern konnte.

„Ich möchte lernen zu lernen. Wo kann ich das am besten tun?", fragte er sie.
Sie flatterte nur: Flatter, flatter, flatter, krallte sich fest, flog gleich wieder weg, und huschte gedankenverloren irgendwohin. Es kam nicht darauf an, wie sehr man ihr zu folgen versuchte, es kam nur darauf an, sie zu erkennen, zu sehen, dass sie einzigartig war,

ohne sie zu bewerten, sondern sich einfach nur bezaubern zu lassen.

Nachdem Babby erfahren hatte, wie das Land der Regenbögen wirklich aussah, erschien ihm alles anders. In den Höhlen hatten Tiere zu arbeiteten, damit die Welt sich wie von selbst verbesserte. Da gab es kein Licht, sondern verschlungene Höhlen. Babby wäre kein Glücksdrache gewesen, hätte er nicht ein paar geniale Ideen gehabt. Er erinnerte sich immer noch daran, wie er vor einem See saß und sich dazu entschlossen hatte die Welt zu verändern um den anderen Tieren zu zeigen, was er verstanden hatte. Er erinnerte sich immer noch daran, was für ein unglaubliches Gefühl er hatte, als er in Wasserblasen eintauchte. Er sah vielfältige Tiere, als er über das Meer schwebte. Er stellte sich vor die Sonne zu genießen und anderen dieses Gefühl zu vermitteln. Er war motiviert, irgendwann erkannte er, weshalb Liebe so kompliziert zu sein schien. Der Traum eines schönen Lebens musste erhalten bleiben. Babby lernte Drachen kennen, die stärker motiviert waren als er. Sie waren so motiviert wie kleine Teilchen, die durch die Luft flogen um sich in Bewegung zu halten. So motiviert wie ein kleiner Funke, der Babby von einem Ort zum anderen bewegte und ihn mitriss. Die

Verständigungsplattform war da. Wenn die Tiere es wollten, konnten sie sich auf ihr unterhalten. Ähnlich wie Archy waren die Drachen jedoch wissensbasiert Einzelgänger. Sie hopsten von einem Ort zum anderen, sobald man sich eingehender mit ihnen beschäftigen wollte. Sie wollten ein Geheimnis für sich behalten und niemanden wissen lassen, welchen Schatz sie in sich verbargen. Zuviel Wissen war eine Gefahrenquelle. Die Drachen arbeiteten nur versteckt an dem, was sie lernen mussten, und nicht an dem, was sie lernen wollten. Kein Tier wurde sich über den größten Fehler der Weltgeschichte bewusst: Die Trennung der Trennungen. Stattdessen spielten Drachen nur Ball. Das lag nicht an der Trennung der Trennungen, sondern einzig und alleine an der Trennung in Energie. Ohne diese Trennung wäre die Liebe, die Babby zu teilen versuchte, ebensosehr wahr geworden, wie Sehnsucht wahr gewesen worden wäre und für Verständnis gesorgt hätte. Doch Coopa, der gierig nach Energie war, hatte sich irgendwo in einem Schloss in der Luft versteckt. Er war nicht nur der Beschützer von Babby's Träumen, sondern auch derjenige, der sie wahr werden ließ. Diesmal war es kein Fehler, den Babby gemacht hatte, es war auch kein Fehler, der einzig und allein anderen Drachen in die Schuhe geschoben werden konnte, es war der Fehler aller Lebewesen. Sie hatten solch eine Situation erschaffen: Eine Höhle voller Drachen, die erschrocken von einem Ort zum anderen hopsten, nur um sich nicht zu blamieren. Sie hätten sich Eingeständnisse machen müssen, dann hätten sie gemeinsam an einem Ziel arbeiten können. Dann hätten sie vielleicht verstanden, was Babby auf seine unerfahrene Art und Weise meinte. Doch die Verständigungsplattform zwischen den hopsenden und weisen Drachen, den bunten, grauen, jungen und alten musste erst noch erschaffen werden. Sie war nicht wirklich eine Verständigungsplattform. Es schien nur so, als ob sie eine sei. Das wahre Wissen um das Weltgeschehen behielten die Drachen schlicht und einfach für sich.

Als Babby auf der Verständigungsplattform sagte, dass die Trennung ein einziger Fehler der Weltgeschichte sei, lachten die Drachen Babby dafür aus. Was sie nicht wirklich wahrnahmen war, dass es einen nachdenklichen Teil in ihnen gab. Einige wenige Engel fühlten sich von Babby's Sichtweise verletzt, einige andere geweckt, und das Lachen machte den Widerspruch zunichte, so dass Neues entstehen konnte. Was Babby damals noch nicht wusste war, dass mit seiner Erfindung ein neues Zeitalter anbrach, das vieles, was bisher auf dem

Planeten geschehen war, in den Schatten stellte.

Die Idee, die Babby hatte, bestand aus Blasen. Er wollte Kugeln in die Luft bauen, unter Wasser und unter die Erde. Blasen aus Glas, die hunderte von Metern in die Luft reichen würden, in der jedes Tier sicher leben konnte, egal ob schwarz oder weiß. Die Glaskugeln würden die Tiere vor katastrophalen Stürmen und Donnern schützen. Durch die Liebe, die in den Glaskugeln entstehen würde, würden die Glaskugeln sogar während der Nächte nicht nur symbolisch ein helles Licht ausstrahlen. Möglicherweise würden viele Luftballonherzen in die Luft steigen, noch schneller und freier als jeder Vogel. Zuvor würden sie an den Eingängen der Glaskugeln zu sehen sein. Die Freiheit, sich die Umgebung auszusuchen, in der die gut behüteten Bewohnern der Glasblasen leben wollten, war ihnen selbst überlassen. In den Wäldern gab es überall kleine Tiere, große Tiere, kleine Glaskugeln, größere Glaskugeln, noch größere Glaskugeln und ganz große Glaskugeln. Sobald größere in die Luft gebaut werden würden, würden sich die Bewohner der kleinen Glaskugeln mit der größeren verständigen.

Da nun das Zeitalter von irgendetwas Neuem angebrochen war, das Glasblasen inspiriert hatte, war das Verständnis auf dem Planeten so ausgeprägt, dass sogar jede Glasblase jedem Tier, das ein zu Hause wollte oder eines brauchte, eine Heimat gab. Die Glaskugeln waren ein scheinbar künstliches zu Hause, das so viele Vorteile gegenüber den Wäldern und Höhlen hatte, dass es Spaß machte, dort zu leben. Sogar für Aragon, den Zauberer. Er lebte nun mit Summody zusammen und erholte sich von seinem Traum, den Stein der Unendlichkeit zu entdecken. Vielleicht begab sich unser mathematisch begabter Wanderer in die Glaskugeln, weil er merkte, dass er sein Wissen erst dort richtig vermitteln könnte. Er würde die nötige Anerkennung für seine Arbeit erhalten, weil es dort keine Vögel gab, die flüchten wollten, und auch keine Steine. Der Mathematikunterricht in den dunklen Höhlen ohne eine Verständigungsplattform war immer sehr langweilig gewesen. Alles war immer so unhandlich gewesen, kaum jemand konnte mit den Zahlen wirklich etwas anfangen. Über die Unendlichkeit von Zahlen wollte niemand etwas wissen, weil noch nie jemand Magie verstanden hatte. Mit Hilfe der Glaskugeln wurde alles anders. Sie reichten in die Unendlichkeit des Himmels, und endlich wurde Leben etwas Begreifbares. Die Mathematik wurde spannend. Die Kugeln ermöglichten eine Verständigung zwischen allen ihnen innewohnenden Tieren. Nun ließ Liebe ein einzelnes Leben in einer der Glaskugeln unendlich werden, geborgen träumten Tiere von einer freien Welt. Die Tiere erfanden in ihren Glaskugeln Elektrizität und während der Nächte bestrahlte nicht nur die Sonne die Wege. Energie wurde unendlich, ohne die Trennung in Energie für jeden Einzelnen zu haben, wobei man sich dafür oder dagegen entscheiden konnte. Die Möglichkeit sich zu entscheiden wurde dadurch geschaffen, indem die Tiere etwas entwickelten, das alle zusammenbrachte.

Falls ein paar der Tiere, zum Beispiel die Eulen, dachten, dass sie das Licht in ihrer Glaskugel nicht mochten, konnten sie in eine andere Glaskugel ziehen. Sie konnten auch eine Entscheidung mit all den anderen Tieren über ihre Entscheidung treffen. Dann entschieden die Tiere, die mit ihnen in einer der betroffenen Glaskugeln lebten, darüber, ob sie das installierte Licht, das die Eulen nicht mochte, behalten wollten, oder ob die Farbe des Lichts geändert werden sollte. Somit konnten sich die Tiere sogar auf unterschiedliche Farbabstufungen, Kontraste, Helligkeiten oder Zeiten einigen, zu denen sie sich genau so verhielten, wie es jedes Tier wollte.

Auch andersherum war eine Entscheidung über die Farbgebungen der Glaskugeln möglich. Wenn die Tiere etwas besitzen wollten und es nicht abschaffen, konnten sie versuchen, es von ihren Freunden zu erhalten und ihren eigenen Teil der Glasblase damit zu verzieren. Wenn es auch die anderen Tiere betraf, zum Beispiel wegen der Menge des Lichts, konnten sie darüber abstimmen. Auch die anderen Tiere, die ebenfalls von der Entscheidung betroffen waren, wurden gefragt, wie Licht erzeugt werden sollte. Wenn einige Tiere in mehr als einer kleinen Glasblase von der Entscheidung betroffen waren, wurden auch alle Tiere in der großen Glasblase gefragt. Wenn die Tiere in mehr als einer großen Glasblase betroffen waren, bekamen alle Tiere in der nächstgrößeren Glasblase die Möglichkeit aus der Vielfalt an Möglichkeiten eine Entscheidung zu treffen. Dadurch wurden alle Tiere gefragt, wie sie entscheiden wollten. Somit geschah es, dass es sogar Entscheidungen über die Zukunft unter allen Tiere auf einmal gab. Millionen Tiere in unterschiedlichen Glasblasen waren nun dazu in der Lage über die Zukunft des Planeten zu entscheiden, und alle konnten aus verschiedenen Möglichkeiten auswählen. Das funktionierte, weil es gute Kartografen gab. Die Eule war nicht nur eine gute Kartografin, sondern auch eine gute Rechnerin. Alle Tiere waren produktiv, egal ob es die Vögel waren, die sangen, die Hasen, die Karotten kultivierten, oder Frösche, die vor sich herquakten. Alle konnten sich mit ihren Entscheidungen identifizieren. Alle Tiere fingen an sich über die wirklich wichtigen Dinge des Lebens zu unterhalten, weil sie sich gegenseitig kannten. Sobald manche zu wenig Raum hatten um ihre Ideen wahr werden zu lassen fingen alle Tiere an eine neue Glaskugel zu bauen. Sie liebten es, ihr Essen, ihre Ideen, ihre Fähigkeiten und ihre Produkte, auch ihre Glaskugeln, zu teilen. Abhängig davon, ob die Glaskugel eine große oder nur eine kleine war, teilten sie sich unterschiedliche Produkte. Während die kleinen Glaskugeln mit wenigen Tieren immer dafür verantwortlich waren Essen herzustellen hatten die großen Glas-kugeln eine so große Auswahl an Produkten, dass es wirklich Spaß machte, die Produkte auf die unterschiedlichen Kugeln zu verteilen. Dieser Traum mit der Blume und der Clownsnase funktionierte und existierte über Jahrtausende hinweg. Es nahm den Tiere etwas von ihrer Freiheit, wie auch immer, es gab immer genug Platz für sie um in den Wald zu gehen. Es war eine effiziente Art und Weise, die Zusammenleben ermöglichte und allen Tiere einen Sinn in ihrem Leben gab. Die Erwartungen der Tiere wurden sogar übertroffen, als sie erkannten, was für neue, bisher unbekannte Möglichkeiten sich ihnen eröffneten.

Dort, wo Zerstörung herrscht, wächst etwas neues, und diesmal war es der Traum von Höhlen, die es jedem Tier ermöglichen würde zusammen zu wachsen. Es war der Traum von Wäldern, die sich ineinander verschlangen. Es war der Traum von träumenden Drachen, die in ihren Höhlen zu fliegen anfingen und von Liebe träumten. Babby jedoch hatte gar keine Zeit sich damit auseinanderzusetzen. Er hatte wichtige Dinge zu lernen um eines Tages über eine Lösungsmöglichkeit nachzudenken. Der letzte Funken an Begeisterung war noch nicht in ihm erloschen. Babby dachte weiter über die Trennung der Trennungen nach, überlegte sich, ob sie eine Weiterentwicklung oder eine Rückentwicklung war. Doch die Trennung der Trennungen war keine Weiterentwicklung irgendeiner Maschine, sie war auch keine Rückentwicklung, sie war schon da, und plötzlich wollte Babby wieder einmal die Wirklichkeit, die ihn umgab, verändern, so wie er es gewollt hatte, als er sich nicht anders zu helfen wusste, als betrübt in seine Wasserblase zu steigen, um von Archy Abschied zu nehmen. Es gab keinen Weg zurück. Nachdem er die Dunkelheit aller Höhlen verlassen hatte, träumte er oft von einem Gebäude; einer neuen Art von Gebäude, schöner als irgendein Gebäude, das er jemals gesehen hatte. Babby wollte einen Lebensraum für Tiere bauen, die zusammen leben, kommunizieren und sich nicht gegenseitig bekämpfen wollten. Ein Lebensraum von Frau Sehnsucht geprägt, die sie alle liebte, und dabei so unauffällig war, dass niemand sie sah.

Babby hätte die Idee schon entwickeln können, während er mit den anderen Drachen zusammen war. Doch es schien so, als ob alles seine Zeit brauchte, bis die Wirklichkeit so weit war und Träume in die Tat umgesetzt werden konnten. Sogar das Empfinden dafür, wie lange etwas brauchte, bis etwas in die Tat umgesetzt werden konnte war, was Babby ändern wollte.

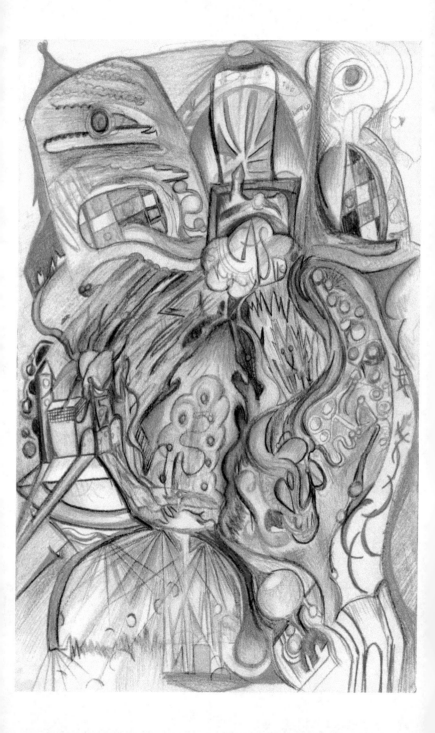

*W*ährend Archy, Pallitchy und der andere Drache entlang der Sonne in die Richtung von Archy's Heimat flogen, passierte etwas im Luftschloss ganz oben mit den unendlichen Wegen. Es erfolgte eigentlich nur manchmal. Diesmal geschah es. Wieder einmal. Blumen fingen auf der Wiese zu wachsen an und Wolken fingen an in der Luft zu erscheinen. Ein schwarzes Pferd stand auf einer Brücke, die Sonne schien, Vögel zwitscherten, die Umgebung sah grün und gesund aus, und es dachte darüber nach, sie zu überqueren, als es seinen Kopf zur Seite drehte und einen anderen Weg wahrnahm. Es zögerte einen kurzen Augenblick und entschied sich dann, lieber die andere Richtung zu wählen. Es galoppierte eine Weile, und da erschien etwas in der Ferne: Ein helles, kleines Licht. Es sah so aus wie ein kleines, angeleuchtetes Einhorn, das durch die Luft flog.

Unser schwarzes Pferd fühlte sich sehr sicher, und je weiter es lief, desto stärker änderte sich plötzlich ihre Farbe, sie wurde immer heller, bis sie weiß war, und dann stand sie vor einer dunklen Wolke! Sie bemerkte, dass sie ihre Erscheinung geändert haben musste, und nun war sie nicht länger ein schwarzes Pferd sondern ein Einhorn. Sie hatte ein Einhorn, war weiß und sah genauso aus wie das weiße

Einhorn, das sich vor langer Zeit einmal in viele kleinere Einhörner verwandelt hatte. Als es vor einer hellen Wolke stand, konnte sie immer mehr kleine Einhörner nach vorne strömen sehen; sie flogen durch die frische Luft und freuten sich auf sie. Als sich Engel aus der Wolke lösten verschwand die Wolke. Das Einhorn erkannte ein Luftschloss, das sich vor ihm in den Himmel streckte. Alles sah so leicht und hell aus, dass kein Tier es jemals erlebte, sondern nur Engel. Dann sah man kleine Einhörner, die zusammenkamen und sich das weiße Einhorn neugierig ansahen. Zur selben Zeit lernten die Einhörner in der Wüste zu fliegen. Das Wissen darum, wie man mit Leichtigkeit durch die Luft flog, hatten sie vor sechstausend Jahren vergessen.

*D*ie Vögel waren sehr aktive Tiere. Sie flogen ständig von einem Ort zum nächsten. Singend, sogar auf ihre Art gesprächig, hopsten Vögel in ihren Bäumen von einem Zweig zum anderen. Sie bewegten sich durch die Lüfte um ihre Freiheit, an andere Orte fliegen zu können, mit Leichtigkeit zu genießen. So einfach wie der Wind, wie das Leben, wie das Unbekannte.

Schon als der Wald lauter und lauter wurde, spätestens als alle Vögel in dem Wald musizierten war klar, dass das ganze Land musizieren würde. Die Geräuschmaschine wurde wahr, und die Lautstärke in den anderen Wäldern nahm zu. Die Melodien, die sie tagtäglich über Jahre hinweg zwitscherten, waren ebenso fröhlich wie die Gedichte, die Babby aufsagte.

*B*abby war dabei eine neue Art von Glasblase zu entwerfen. Als er gerade ein Theater erfinden wollte, hörte er das Geräusch von Flügeln durch das offene Dach seiner Glaskugel schallen. Als er nach oben schaute, sah er zwanzig Einhörner, die versuchten, einen Ort zum Landen zu finden. Babby teilte sich eine Glasblase mit unterschiedlichen Drachen, die ihre Hobbies mit ihm teilten. Sie saßen auf einer Wiese und unterhielten sich aufgeregt über alles Mögliche, hauptsächlich über Einhörner.

„Schaut nur, schaut nur, da fliegen weiße Pferde durch die Luft", meinte einer der Drachen. Er hatte eine goldene Mähne und bezauberte die anderen mit etwas Musik auf seinem Instrument.

„Kann doch gar nicht sein! Das sind Einhörner!", stellte ein Drache erstaunt fest. Ein Drache mit einer Clownsnase fühlte sich an etwas zurückerinnert. *„Was soll ich bloß davon halten?"* fragte sich ein blauer, kleinerer Drache. Vor einer Eule, die den

ganzen Tag um Glaskugeln herumflog, um jeweils abwechselnd sowohl den Eingang als auch den Ausgang zu entdecken, landeten Einhörner auf einer Wiese. Babby schlurfte in die Richtung von ihnen und schaute sich das genauer an. Die Zeit verflog sehr schnell. Babby lernte das erste Mal andere Einhörner kennen und bemerkte plötzlich, dass er Archy sehr vermisste. Er wollte mit ihr Ball spielen und fliegen. Inmitten einer Unterhaltung blies Babby nebenbei eine Wasserblase durch die Luft und dachte anfangs, als er so in die Wollken schaute, dass er dort Archy sah. Als ihm auffiel, dass er träumte, schaute er sich die Blume vor ihm an. Doch Archy war nicht da, wo er sie vermutete, und als er die Einhörner fragte, ob sie sie gesehen hätten, schüttelten sie ihre Mähne – offensichtlich hatten sie sie noch nicht getroffen. Würde die Zeit und seine Sehnsucht sie dazu bringen, ihn eines Tages zu besuchen? Sicher war er sich dabei nicht. Babby hatte keine Zeit darüber nachzudenken, denn die Einhörner erzählten ihm, dass sie soeben erst gelernt hätten, wie man fliegt, und könnte das nicht auch Archy passiert sein? Vielleicht würde sie auch bald ankommen? Vielleicht wusste sie diesmal, welchen Weg sie nehmen müsse? Babby erwartete nun einfach, was geschehen würde und sprang in freudiger Erwartung in die Luft. Dann kam Summody an und sah sich Babby an, der sich sonnte. Sie kam ihm näher und setzte sich. Nun hätte Babby erwartet, dass sie sich einfach an seinem Anblick erfreuen würde, doch sie war aufgeregt. Sie erzählte ihm, dass die Einhörner eine Überraschung geplant hatten: Archy war soeben einge-troffen. Sie würde ihn nach Hause begleiten. Vor einer Hütte hätten sich schon viele Tiere, Adler und Paradiesvögel versammelt. Da sprang Babby schon wieder durch die Luft. Sofort hatte Archy Babby mit ihrer Schönheit verzaubert. Sie erzählte ihm von ihren Erlebnissen, und machte dort weiter, wo die Geschichte aufgehört zu haben schien: "...*ein junger Drache mit einem Bart auf einem magischen Teppich nahm uns mit. Es schien so, als ob er lediglich vor uns entlang fliegen bräuchte. Ich bin noch nie auf einem magischen Teppich geflogen, dann landeten wir nach einer Nacht in einer stürmenden Wüste. Ich lernte meine Familie kennen, meine Mutter Aura, meinen Vater Baldowin, meine Schwester und unseren Bruder. Es war eine großartige Erfahrung. Sie wussten nicht, wie sie sich mit mir in Verbindung setzen konnten und wie man fliegt. Jetzt sind sie hier bei mir, an diesem Ort, und ich konnte ihnen beibringen wie man fliegt. Während ich mit meinen Eltern, meinem Bruder und meiner Schwester am Fliegen war, verwan-delte ich mich von einem schwarzen Pferd in*

ein weißes Einhorn zurück. Unglücklicher-
weise verließ mich Pallitchy. Er war nicht
gewohnt ein weißes Einhorn neben sich
fliegen zu sehen. Er landete sanft und kehrte
um". Alle Tiere feierten, und spät am Abend,
was sonst hätte passieren können, hatte
Summody wieder einmal mehr das Universum
zum Thema. *„Sterne sind unendlich"*, meinte
sie. Babby fragte, ob er fliegen würde. *„Klaro,*
jeder kann fliegen, wohin auch immer". Doch
irgendwie war das klar, und immer, wenn sich
die Tiere unterhielten, lachten sie, schauten
sich in die Augen, nur tanzten sie nicht. Einige
Einhörner würden sich nun in ein helles Land
begeben. Sie sollten mit ihren Bühnen,
Wiesen, Vögeln und Blumen für Anziehung
sorgen, es gab sogar dunkle Glaskugeln mit
Sonnenschutzfaktor. Aragon hatte ein paar
Samen parat, die den Anblick von schnell
wachsenden Sträuchern voller Beeren boten.
Am nächsten Tag fingen Archy, Babby und
ihre Freunde an eine Theaterglaskugel zu
bauen. In ihr würden ihre Freunde leben,
sogar das kleine weiße Einhorn, vielleicht auch
Babby. Alle Tiere flogen vor Aufregung
durcheinander durch die Luft, und als dies
geschah, fing der Planet an etwas
auszustrahlen, das irgendwo seinen Ursprung
genommen haben musste.

Die Eule flog durch die luftige Dunkelheit, so wie ein verspieltes Tier, das nicht genau wusste, wohin mit den Federn. Sie plusterte sich auf und es machte *„zisch"*. Als die Eule nach unten schaute, kam im Wald noch was auf sie zu. Tiere hatten gerade eine Feuerwerksrakete in die Luft geschossen. Die Eule dachte sich: *„Ganz schön schnell!"*, und damit begann etwas, was eigentlich keiner Erwähnung bedurft hätte, doch in den Mittelpunkt des Geschehens rückte. Das war nicht das jährliche Ritual der Tiere auf dem Boden, sondern das musste das sogenannte *„happy end"* sein. Sie hatte eine unglaubliche Veränderung erlebt. Sie fand es schön, wie der Raketenstaub glitzernd auf den Boden der Erdoberfläche hinab regnete. Die Explosion der Feuerwerksrakete leuchtete den Wald von oben herab an. Durch diese Zerstreuungen konnten die Tiere sich selbst wieder auf eine Art und Weise wahrnehmen, die ihnen zeigte, wie individuell und einzigartig sie waren. Die Tiere waren so sehr von sich erstaunt, dass sie die Eule nicht mehr wahrnahmen. Auf ihrer Flucht flatterte die Eule orientierungslos den Sternenhimmel entlang. Die Raketen flogen nur so durch die Luft, die Eule flog außer Reichweite, damit sie nicht von der Detonation erwischt wurde.

Die Zerstreuung, wie die Eule soeben eine erlebte, entsprach also ziemlich genau einer Explosion, deren Farbenpracht sich explosiv in alle Richtungen auszubreiten schien.

Summody besaß eine ganz spezielle Glaskugel: Um ihre Hütte herum, die sich in der Mitte der Glaskugel befand, leuchtete eine große Sonnenblume die Tiere an. Es gab die Möglichkeit eine Bühne auszufahren, um darauf etwas aufzuführen. Sie brauchte nur einen Knopf zu drücken, und schon umgab die Bühne ihr Haus, und alle Wege führten zu ihr. Rampen machten es allen Tieren möglich gemütlich an einer hölzernen Bühne zu sitzen und zu genießen, dass man ein Bewohner einer großen Glaskugel war. Für alle Tiere, die noch in Höhlen lebten, schien es unmöglich auf dem Weg zu ihrem Ziel plötzlich nichts mehr zu sehen. Sie dachten, sie könnten ihre eigene Existenz sowieso niemals erleben. Also ließen sie es von Anfang an bleiben und nahmen an, dass ihr Ziel zu entdecken einfach nur ein Traum war, der von allen Tieren gelebt wurde. Da sie das annahmen, hatten sie natürlich Recht. Viele versteckten sich weiter in ihren Höhlen und blieben unsichtbar, nur manche wagten sich hervor. Manche Tiere wussten nicht, dass ihr Leben nur ein Schauspiel war, das sie ständig neu erschaffen konnten. Immer dachten diese Tiere, dass ihnen etwas fehlen würde um glücklich zu sein. Doch nur, weil sie ständig herumschaukelten, schien es ihnen unmöglich sein abzuschalten und auszuruhen. Die hellen Tiere waren so sehr außer Gleichgewicht, dass sie die Bedeutung des Schlafes missverstanden und somit glücklich und naiv auf dem Planeten herumliefen, ohne von dem zu träumen, was wirklich wichtig war. Stattdessen träumten sie davon, was ihnen wichtig war. Sie erfreuten sich an der Schönheit ihres glücklichen, gesunden Planeten, so wie er ihnen erschien. Dann dachten sie, dass die Sonne niemals untergehen würde – jeden Morgen, jeden Abend - bis zu dem Augenblick, als die Sonne durch den Mond verdeckt wurde und sich die Sterne vom Hintergrund des Himmels abhoben. Alles war vorbei und der Welt konnte nichts mehr entgegengesetzt werden. Eine Welt, die sie sich selbst geschaffen hatten und in der sie zu leben schon seit langem gewohnt waren. Dann erkannten sie, dass alles eine Illusion war.

Doch da war noch etwas. Wenn wir uns die Geschichte aus weiter Entfernung noch einmal ansehen, entdecken wir einen kleinen Punkt auf einem grünen Untergrund. Klein.

Weiß. Grün. Mit farbigen Punkten. Die ganze Geschichte war nur ein Symbol.

Archy stand vor einem kleinen, weißen Zirkuszelt, dessen Dach mit farbigen Punkten bemalt war. Um das Zelt herum befanden sich hunderte kleine Tiere, die alle möglichen Anstrengungen dazu unternahmen, um auch einmal in dem Zelt auftreten zu können. Für manche Tiere waren es Anstrengungen, doch sie hatten es sich so ausgesucht, denn sie dachten so. Andere Tiere mochten die Anstrengungen, die sie sich auferlegten, und sie mochten sie so sehr, dass sie gar nicht erkannten, wie anstrengend ihre Beschäftigung war. Babby lief durch die Menge, schien in ihr ebenso freudig zu baden wie er sie zu genießen schien, und damit er glücklich sein und seine Freude ausdrücken konnte, machte er Wasserblasen, was auch sonst?

Er durfte sich jetzt ein paar Tiere aussuchen, die in dem Theaterstück mitspielen wollten. Wollte Archy nicht auch mitmachen? Er war sich nicht sicher. Sie befand sich immer noch auf der grünen Wiese, und irgendetwas schien sie abzulenken. "*Wer landet schon auf farbigen Punkten?*", fragte sie sich mit ihrer bezaubernden Stimme, und die Antwort war danach auch klar: "*Bienen*". In der Tat: Immer mehr Bienen landeten auf dem Dach des

Zirkuszeltes. Die farbigen, weit verstreuten Punkte auf dem Dach des Zeltes machte es für die Bienen nicht leicht sich zu orientieren. Als Archy sich die Vorgänge genauer anschaute, entdeckte sie eine kleine, glitzernde Lichtkugel, die nach hinten flog. Je näher die Lichtkugel dem Zelt kam, desto größer wurden die Punkte. Während Archy folgte, schaute sie der Kugel dabei zu, wie sie sich vergnügt auf dem Dach des Zirkuszeltes herum bewegte, um sich darauf farbige Punkte, die immer größer wurden, einmal genauer anzuschauen. Für Archy schien es so, als wolle die Lichtkugel die Punkte zählen, doch dann erkannte Archy, dass die Lichtkugel eine Biene war. Sie schwirrte mit ihren Flügeln herum, fühlte sich mit ihren Fühlern geführt, spürte um sich herum die großartige Menge an Wind und nahm mit ihren facettenreichen Augen die einzigartige Umgebung um sich herum wahr, einfach nur deshalb, weil auch sie daran interessiert zu sein schien, was um sie herum passierte. *"Und schon wieder ein roter Punkt... und ein gelber. Hm, ein grüner...",* sagte sie vergnügt. Sie war eine fröhliche Biene, die nichts anderes tat, als von einer zur nächsten Blume zu fliegen. Diesmal hatte sie sich jedoch ein klein wenig verirrt, dachte sie. Nach etwas Zeit schien die Biene keine Lust mehr zu haben ihre Umgebung auf die unendlichen Möglichkeiten der Farbgebung hin zu untersuchen und schaute nur griesgrämig in die ferne Sonne. Dann summte sie vor sich hin: "*Ihr seid doch alle verrückt... jetzt geht's ab ins Land des Honigs!*", war etwas gedemütigt, säuberte ihre Flügel und wollte gerade eben erwartungsvoll in die Luft steigen, als Archy zu ihr sprach: "*Halt, fliege nicht! Es gibt doch so viele Möglichkeiten*", doch zu spät. Es war der Wille der Biene, und es war der Wille von Archy, jedem Tier seine Freiheit zu lassen. Der Gedanke jedem Tier seine Freiheit zu lassen, schien Archy's Absicht, die Biene aufzuhalten, um ihr den Weg zu mehr Freiheit und somit zur Sonne zu zeigen, zu widersprechen, und somit flog die Biene weg. Weit weg in eine neue Geschichte, die wie die Zeit auch nur aus der Zukunft bestand, einem Traumerlebnis wie keinem zuvor. Wo würde das Traumerlebnis die Biene hintragen? Diese Frage verlor sich in der Weite ungemachter Erfahrungen. Langsam ging die Sonne unter, und mit ihr verstummten auch die Geräusche der Flügel in der Ferne. Archy schnaubte darüber, dass sie die goldige Biene nicht kennengelernt hatte. Sie sehnte sich nach der strahlenden Biene zurück, der sie begegnet war. Sie versuchte die Biene in ihren Gedanken zu behalten, doch immer wieder vergingen sie, schienen etwas Neues zu bilden, eine neue Wirklichkeit, die sich in der Weite der ungemachten

Erfahrungen verlor. In Archy's Gedanken verwandelte sich die Biene in eine Drachin, die ihre Vergangenheit beschrieb. Eine unter hunderttausend unterschiedlichen Drachen, die über ihre Vergangenheiten nachdachten, um sie immer und immer wieder wahr werden zu lassen. Unter dem schattigen Zelt mit den vielen farbigen Punkten befand sich der weise Drache. Er tat nichts anderes als jedem zu erzählen, dass er es auch schon versucht hatte, und dass es unmöglich sei, egal was es sei. Eine lange Zeit dachte er über seine Vergangenheit nach. Er wusste, dass er selbst es war, der ihn denken ließ, dass er einfach nur da sein wollte, wo er gerade eben war, nicht mehr, nicht weniger. Hätte er etwas anderes gewollt, hätte er nur etwas anderes denken zu brauchen. Er wusste im Vorhinein, dass er die anderen Tiere von seinen Absichten überzeugen würde, auch jene, die ihn gar nicht kannten. Er wollte die Tiere mit vielen unterschiedlichen Traumerlebnissen in der Vergangenheit und Zukunft von seiner Sichtweise überzeugen, doch dazu musste er zuerst seine eigenen Träume überzeugen, denn nur dadurch hatte er Einfluss auf jede Zukunft jedes einzelnen Tiers, das er sich vorstellte. Seine Träume wollten in die Unendlichkeit des Himmels steigen - weit nach oben an Coopa vorbei, und deshalb hatte auch er eines Tages einmal darüber nachgedacht, wie es wäre, würde er Blasen anstatt Feuer speien. Die Antwort kam ihm vor wie ein Märchen, das er gerade gelesen hatte. Es war Babby's Realität, die er in seinen Gedanken durchging, und irgendwann entschied er sich lieber dafür Feuer zu speien anstatt Zeit mit Wasserblasen zu verschwenden, denn er wollte Glück erfahren. Auch Summody kam eines Tages zu dieser Einsicht, und es gab noch viel mehr andere Wege, die sie noch gehen würde. Als die Biene von irgendwoher durch das Zirkuszelt flog, kam dem Drachen die einleuchtende Idee: Naturgegeben sollte es nichts zu suchen geben. Es sollte möglich sein jedes gewünschte Ziel zu erreichen. Ist dies nicht der Fall, ist eine Änderung der eigenen Ansichten und des eigenen Verhaltens nötig. Der weise Drache war kein Träumer. Er setzte seine Wünsche zielgerichtet und realistisch in die Tat um. Die Aktion brauchte nur dem Gespür des Drachen zu folgen, und schon war er da, wo er sein wollte. In diesem Zelt. Hätte der Drache nicht geglaubt, an sich geglaubt, wäre es ihm sicherlich schwer gefallen, viele Bienen davon zu überzeugen, dass sie auch schon da seien, wo auch immer sie sein wollten. Er brauchte sie daher nicht mehr überzeugen, dass sie gar nicht in der Ferne nach ihrem Glück zu suchen bräuchten. Die Bienen glaubten dem Drachen anfangs nicht so ganz, dass sie schon da seien, wo auch immer sie sein wollten. Immerhin müssten sie doch Nektar sammeln, damit der Bienenstock mit der Bienenkönigin am Leben bleiben würde. Sogar die Bienenkönigin konnte den alten Drachen nicht davon überzeugen, dass sie damit Recht hatte, dass ihr Glück in der Ferne liegen würde. Sie konnte es nicht, weil der Drache irgendwann einmal den Entschluss gefasst hatte, nicht zu glauben, dass sie Recht haben würde. Die Bienen versuchten daher gar nicht erst, ihn von ihrer gegenteiligen Meinung zu überzeugen. Da schien es ihnen doch sicherer, die Glücklichkeit des Drachens anzunehmen und ihn seinen Weg gehen zu lassen, während sie ihre Glücklichkeit in der Ferne suchten, doch es schien nur so. Denn auch die Bienen waren schon da: Jede Biene für sich hatte unglückliche und glückliche Augenblicke in ihrem Leben, die sie zur Fortsetzung ihrer bisherigen Taten anregte und sie in ihrem Bienenstock hielt. Da der Drache Freude verbreiten wollte, waren die Bienen glücklich, als sie feststellten, dass der alte Drache richtig lag. Deshalb kümmerten sie sich darum ein schönes Leben im Einklang mit der Natur zu erleben. Der Drache verkörperte den Mittelweg zwischen Coopa und Frau Sehnsucht, Himmel und Erde, Trompeten und Wind – Welle und Schaum, Wasserblasen und Feuer, und das hatte sich der alte Drache vor

langem einmal so ausgedacht. Spätestens, als
sie wieder versuchten, in die Luft zu steigen,
fiel ihnen es schwer, sich von ihrem
Landeplatz zu verabschieden, weil der Drache
ihnen eine erweiterte Sicht auf die Dinge
gegeben hatte. Manche Bienen brauchten
nicht zu überlegen, fühlten, dass ihr Weg der
richtige war, spürten, wie gut es ihnen auf
ihrem Weg gehen würde. Ihr Weg war ein Weg
zu einem Luftschloss, mit vielen Tausenden
von Wegen, und sie konnten sich einen
auswählen, einen unter unendlich vielen von
ihnen. Manche der Tiere brauchten dazu den
Drachen, manche wussten es von selbst,
andere wiederum fühlten sich stärker zu der
Bienenkönigin hingezogen, die mit anderen
Bienen zusammen Gemeinschaft erlebte. Der
Drache wusste, dass seine Entscheidung die
richtige war, deshalb war es auch das Richtige,
egal für wen, es geschah, denn er konnte in die
Zukunft blicken und dadurch die verborgenen
Informationen und Wünsche aller Tiere
herausfinden. Diese Entscheidung war für ihn
das richtige, und deshalb war er glücklich - er
wäre auch so fröhlich gewesen, denn das war
seine freie Entscheidung, sein Wille, den man
so oder so übernehmen konnte. Interessanter-
weise wusste der Drache nicht, dass er sogar
in seiner Vergangenheit tausende von
Regenbögen davon überzeugt hatte vor Babby
zu erscheinen. Babby wusste damals noch

nicht, dass er den Regenbogen hier und heute in dem Zirkuszelt entdecken würde. Im Jetzt, in der Vergangenheit und Zukunft hatten verborgene Engel den Traum des weisen Drachen wahr werden lassen. Sie befanden sich in dem Drachen, und das war ein Symbol für etwas, das die Wirklichkeit so wirklich wie ein Traum werden ließ. Eine Realität, die durch Worte verspürt werden kann, erlaubt man sich sie zu erfahren. Da gab es nichts zu reden, plötzlich war alles klar. Der Drache war ein Lebewesen wie jedes andere Lebewesen auch. In seinem Wald voller Glaskugeln gab es nun nicht mehr nur Vögel, Adler, Paradiesvögel, Lichtkugeln, Kobolde und viele andere Drachen, sondern auch Bienen, Einhörner, schöne Frauen und Feuer speiende Drachen. Sie waren frei, frei von den Höhlen. Denn die Glaskugeln auf dem Planeten waren sowohl hell als auch dunkel. Als Babby das Zirkuszelt betrat, schaute sich der Drache, dem er dort begegnete, die Punkte über dem Zirkuszelt an. Dann sprach der weise Drache zu Babby: *„In der Vergangenheit haben die Engel Dir auf Deinem Weg die Kreuzung zu Deinen Regenbögen gezeigt, auch Archy hatte es so gewollt, und somit wurde der Traum von mir Archy's und Dein gemeinsamer Traum, den Ihr erlebt habt, weil Ihr es wolltet. Du hattest anfangs niemals wirklich darüber nachgedacht, wie* *es wäre, würdest Du Deine Wasserblasen mit einer Wirklichkeit, einem Symbol von Archy, füllen. Es gab da nur so ein Gefühl, dass etwas passieren würde, das Gefühl, das Du hattest, als Du spürtest, dass Du mit Deinen damaligen Engeln unzufrieden warst. Damals hatte Dich noch niemand nach der Bedeutung von allem gefragt. Es wäre besser gewesen, hätte man dies getan, denn dadurch hätten sich neue Wege und Schlösser geöffnet, deren hervorsprießende Wege die Wirklichkeit neu geformt hätten".*

In den ineinander verschachtelten Höhlen, in denen die Drachen einen erholsamen Schlaf hatten, war Gleichgewicht unbekannt. Wenn die Drachen nicht gut schlafen konnten, wurde der Tag nicht so schön, wie sie es sich wünschten, und wenn sie keinen schönen Tag hatten, wurden ihre Träume ebenfalls nicht so schön, wie gewünscht. Die Lebewesen auf dem Planeten benötigten sowohl Tag als auch Nacht für ihr Leben, das aus Schlafen und Wachsein bestand. Meist fiel es den Drachen schwer den Mittelweg zwischen Tag und Nacht zu finden: Entweder dachten sie den ganzen Tag über nur an den Tag, oder die ganze Nacht lang über nur an die Nacht. Sie erkannten nicht, dass ihr Schlaf ebenso wichtig war wie der Tag, und dass die Nacht die wichtige Funktion hatte sie auf den Tag vorzubereiten. Die Tatsache, dass Schlaf und Wachheit genauso zusammengehörten wie Tag und Nacht, war ihnen nicht bedeutungsvoll genug, um eine höhere Aufmerksamkeit ihrem Schlaf und somit ihrem Leben zu widmen. Sie bemerkten nicht, was es bedeutete, dass sie nicht von ihrem Leben träumten und was es bedeutete, dass sie ihre Träume nicht mehr lebten. Je weniger sie schliefen und auf ihre Träume achteten, die ihnen Erklärungen für ihr Leben liefern sollten, desto weniger verstanden sie, welche Bedeutungen und Auswirkungen ihre Träume hatten. Sie machten sich nicht die Mühe ihre Träume zu verstehen. Also machten sie sich auch nicht die Mühe die Träume der anderen Tiere zu verstehen. Somit verstand niemand, was der andere erlebte, was er träumte, und wieso das alles so war.

Indem die dunklen und hellen Tiere sich vor den beiden Sonnen zurückzogen, die den Planeten anstrahlten, nahmen sie eine nötige Trennung in Schwarz und Weiß vor, von der viele nur wussten, dass sie bedeutete, dass sie bald schlafen gehen müssten. Gute Nacht! Für manche bedeutete die Trennung, dass es sowohl Schatten als auch Licht gab. Andere Tiere fürchteten sich vor einem Leben mit

Schatten, manche fürchteten sich vor einem Leben mit Licht. Auf dem Zelt summte die Biene vergnügt wegen des aussichtsreichen Horizonts vor sich hin und freute sich über jeden Punkt, auf den sie stieß. Bei der ganzen Freude war's dann aber auch wirklich vorbei. Da konnte es nur noch heißen: Alles ist ein Punkt, und alles macht glücklich. Es würde von nun an immer wieder passieren, wieder einmal.

Verpunktet. Happy End. Total abgeschwirrt, und der Punkt löste sich auf und wurde eine Kugel, die so schön wie die Sonne durch alle Galaxien auf einmal fliegen würde, würde sie sich eines Tages in ein Energiewesen verwandeln, das sich prächtig mit den Lichtwesen verstand.

Doch einen kurzen Augenblick. Es war unscheinbar, ganz klein, ganz fern, weit weg. Und da es unscheinbar war, enthielt es das Wissen zu etwas mehr. Um exakt zu sein, irgendwo anders war die Sonne zu jenem Zeitpunkt noch nicht untergegangen. Deshalb schien dort die Moral im Licht der Abenteuersonne. Alle Tiere, egal ob schwarz oder weiß, hoffen, sie wissen Bescheid, über die Glaskugeln, die bunten Regenbögen und die vielen Wasserblasen, die es zwischen den Sternen gibt.

Epilog

Auf der Wiese, auf der Babby immer mit den anderen Drachen gespielt hatte, stand eine riesengroße Waage. Sie war reich verziert mit vielen Symbolen und glänzte golden in der Sonne.

Wenn den Tieren langweilig war, spielten die Tiere mit ihr. Auf der rechten Seite der Waage befand sich eine helle Waagschale, in die sich gerne die hellen Tiere setzten. Auf der linken Seite war eine dunkle Schale, in die sich gerne die dunklen Tiere setzten. Als sie soweit waren, ging es schaukelnd und quietschend los. Schwing, schwing, schwing, quietsch. Schwing, schwing, schwing. Quietsch. Die Tiere versuchten ein Gleichgewicht in der Waage zu halten, doch gelang ihnen das nicht immer. Zu unterschiedlich waren sie. Zu feinfühlig mussten sie mit ihren eigenen Gewichten umgehen.

Sogar wenn die Tiere ein Gleichgewicht in der Waage erlangt hatten, hielten einige Tiere es nicht aus. Ihnen war diese Waage zu langweilig. Oft sprang dann eines der Tiere aus der Waage raus auf die Wiese. Hops.

Das Tier, das seinen Weg ging, war glücklich. Unglücklicherweise war der Planet nicht in Gleichgewicht, und daher gab es ein „Komm doch zurück".

Die Tiere, die zurück in die Waage sprangen, erkannten bald, dass die Ruhe, die sie in der

Waage erlangen konnten, ihnen nicht bekam. Es stimmte zwar, dass sie den Vorteil eines Gleichgewicht erkannt hatten, doch brachte dieses ihnen in ihrer Waage nicht mehr als eine ausbalancierte Langeweile. Damit die Tiere nicht von dem Weg abspringen würden, entwickelten die Tiere bald leuchtende Visionen, die nicht nur die Waage in Licht hüllte. Da sich Licht und Schatten weder die Waage halten noch zu sehr betont werden durften, damit es nicht langweilig wurde, führte die Entwicklung zu einer Farbe zwangsläufig zur Entwicklung der entgegengesetzten Farbe. Da sich Licht und Schatten immer ausglichen, hatte das zur Folge, dass sich Licht und Schatten die Waage hielten und es immer ebenso viele Tiere auf der linken wie auch auf der rechten Seite gab.

Es schien so, als ob niemand auf der sonnigen Oberfläche des Planeten wusste, dass die „Wirklichkeit der Trennungen" in „Licht und Schatten", mehr noch, sogar in Energie, nur ein „Traum von einem Leben voller Licht" war. Es war ein Traum der träumenden dunklen Tiere in ihren Höhlen, die sich während der Nächte auf ihr Leben voller Energie vorbereiteten, das sie eines Tages tagsüber führen wollten.

Vorgeschichte über das Schicksal der historischen „Stätte der Drachen"

ie Drachenmurmel drehte sich, während sie durch die Stille des Universums rauschte. Um sie herum funkelten viele Sterne, die ihr Licht in die Unendlichkeit der Dunkelheit sandten. Auf der Oberfläche der Drachenmurmel befanden sich viele Vulkane, die immer wieder, von Zeit zu Zeit, Lava spien. Dort, wo die Lava entlangflog, spielte sich hoch oben ein funkelndes Feuerwerk ab, dessen Schönheit sich während bezaubernder Nächte auf die Oberfläche der Murmel legte. Die glühende Hitze konnte schon von weitem aus verspürt werden und die Wärme auf dem Planeten nahm zu, während die Lüfte, durch die sich Lava zog, immer lebensfeindlicher zu werden schienen. Auf der Drachenmurmel, die sich durch das Universums begeben hatte, schwamm innerhalb einer alten Höhle ein erfahrener Drache, der, eingetaucht in ein Blau, das ihn umgab, wedelnd durch das Wasser planschte. Die Höhle war gemütlich warm, tagelang hatte er seine Tage und Nächte innerhalb einer Höhle verbracht um das Wasser, das entlang warmer Vulkane geflossen war, nicht zu verschwenden. Nun, da das Wasser kalt wurde, war er dabei, sich an der Oberfläche an seiner Freiheit zu erfreuen. Als er aus dem Becken voller Wasser hinauskletterte und tropfend vor dem Eingang zu seiner Höhle stand, betrachtete sich der Drache all die vielen Sterne, die die Drachenmurmel umgaben. Er schien etwas zu vermissen.

Tausende Drachen, die während sternenklarer Nächte wedelnd und frei durch die Luft flogen, konnte er nicht sehen. Sie flogen beinahe geräuschlos und wie verzaubert von einem Ort zum anderen, bis sie jene Stelle erreichten, die sie seit langem erwartet hatten. Von hoch oben herab schauten sich die Drachen die Einzigartigkeit eines farbenprächtigen Spektakels an, das sich in jenen Lüften abspielte, in die sie während ihrer Reise in die Dunkelheit hinein geflogen waren. Sie wollten die „historische Stätte der Drachen" erreichen, die sich zwischen dunkelroten und weit verteilten Vulkanen befand. Über Tage und Nächte hinweg waren sie durch die Spiralnebel der Galaxie gestöbert um sich dem Licht in der Nacht zu nähern. Eine verzauberte Drachenmurmel, die sich drehte, fesselte sie immer mehr, und je näher sie ihr kamen, desto größer wurde sie. Es war faszinierend dabei zuzusehen, wie die Murmel immer mehr Geheimnisse, die sie an ihrer Oberfläche verbarg, den näher kommenden Drachen preisgab. Je näher sie der Drachenmurmel kamen, desto langsamer flogen sie. Je mehr Einzelheiten die Drachen auf der Oberfläche zu sehen bekamen, desto neugieriger wurden sie. Sie fragten sich, was sie auf der Oberfläche erwartete – und ob sie die „historische Stätte der Drachen" würden erreichen können. Plötzlich war sie da. In dem Augenblick, als sie den letzten Vulkan überquerten, konnten sie die Stätte sehen, die bisher von der Atmosphäre verdeckt wurde. Seit langem hatten sie sie angepeilt, mit ihren Ohren hatten sie wahrgenommen, wie weit sie noch zu fliegen hatten. Aus weiter Entfernung schien die Geschichte, die die Drachen erlebten, nicht wertvoller als die Sterne zu sein, die von der Oberfläche des Planeten aus gesehen werden konnten. Die Bewohner eines anderen Planeten, sollte sich die Drachenmurmel eines Tages diesem anderen Planeten nähern, würden die Geschichte der Drachenmurmel immer näher auf sich zurollen sehen. Befände man sich nahe genug, würde jede Einzelheit zu erkennen sein: Die Täler, die Vertiefungen, die Erhöhungen, das Wasser, die Seen, das glitzernde Wasser, das den größten Teil ihrer Welt schon damals umgab. Der Drache, der tropfend vor dem Ausgang seiner Höhle stand, würde als imposante Erscheinung sichtbar sein. Mit einem scheinenden Blau bewegte sich der weise Drache von einem Ort zum anderen, immer mit einem gegebenen Ziel, so ähnlich wie das Ziel der Drachenmurmel, das sich rot wie die Vulkane verloren durch die Galaxie schob. Auf einmal war die Zeit gekommen, zu der die Drachen ihre funkelnde Drachenstätte erreichen würden. Die Weite der Stätte zog sich in die Ferne. Der Ort, an dem sie landen wollten, schien so leblos und flach wie Vulkane zu sein. Leblos wie Tod, dunkel, steinern, düster und rot. Flach wie die Mondoberfläche, auf der man herumhoppeln konnte. Doch mit Begriffen ließ sich nicht das ausdrücken, was sich an ihrer Stätte befand, denn man musste es selbst erlebt haben: Schon vor Jahrhunderten hatten sich die Vorfahren der vielen Drachen, die wedelnd von einem Ort zum anderen flogen, von der Einzigartigkeit ihrer Stätte überzeugt, wenn sie immer wieder an diesem Ort niedergestiegen waren. Als die Drachen ihren Landeplatz erreichten, landeten sie vorsichtig und sanft. Sie sahen sich um, doch sie erkannten nichts. Die Drachen bildeten auf eine spielerische Weise Flugformationen, die unvorstellbar waren. Als sie sich bei ihren Kunstwerken betrachteten, vergaßen sie schnell den Spiralnebel der Galaxie, durch den sie geflogen waren. Sie vergaßen jeden einzelnen Stern, den sie sich gerne angesehen hätten – aus Zeitmangel. Irgendwann schmiedeten sie darüber Pläne, wie sie ihre neue Umgebung herausputzen könnten. Nichts von der unfreundlichen Stätte erinnerte sie an ihren

Geburtsort, der sich auf einem Planeten befand, der den Drachen all das geboten hatte, was sie schon immer haben wollten, bis zu dem Moment, als sie sich eines Tages dafür entschieden hatten, sich auf die Suche nach der verlorenen Drachenstätte zu begeben.

Die Drachen unterhielten sich über die Leere des Planeten. Sie lauschten den Geräuschen, die ihnen vermittelten, wie wenig Lebensraum der Planet in sich barg. Die Wärme wurde immer wärmer, das Brodeln wurde immer lauter, die Hitze nahm zu – zisch - und dann passierte es mit einem mal!

Weit entfernt von der feurigen Hitze einiger Vulkane lief ein durchgeknallter Drache entlang der Bildfläche der Landschaft. Er war fast zu langsam, um die von Vulkanen umgebene Stätte in etwas Putzmunteres umwandeln zu können, doch hatte er einige gute Ideen, die er blitzschnell weitergeben wollte. Er wollte etwas entwickeln, das es seinen starken Drachenfreunden ermöglichen würde sich ohne Anstrengungen und ohne schwere Flügelbewegungen von einem Ort zum anderen tragen zu lassen. Gerade als sich der knallige Drache herausputzte, hatte er diese hervorragende Eingebung. Ob ihm der rote Planet Möglichkeiten eröffnen würde seine Erfindung in die Tat umzusetzen? Der süße Drache hätte sich Milliarden von Sternen aussuchen können, um die eine Eingebung zu haben, doch die rote Farbe der Welt hatte ihn zusammen mit seinen Freunden an diesen Ort gebracht. Wäre die Drachenmurmel blau gewesen, wären sie ebenfalls dort gelandet. Der rötlich glühende Planet jedoch zeigte den vielen Drachen, dass der drehende Planet noch in Entwicklung begriffen war. Es gab viel Raum für Leben, das sich erst noch bilden musste, viel Raum für Ideen, die fast geheimnisvoll in die Tat umgesetzt werden konnten, während dunkelrotem, leuchtend rotem Mondlicht. Es schien so, als ob die Pläne für die Erfindung nur noch geschmiedet werden müssten. In einem hellen Licht schien die Erfindung kurz aufzuflackern, weit vor einem schwebend, verzaubert, voller Melodien und eine einzige Aussage vermittelnd, die auch der putzige Drache vernommen hatte: „*Ich will fliiiiegen!*". Der Drache war sehr erfreut darüber, eine Idee für eine Maschine zu haben, doch wusste er nicht, wo er beginnen solle. Locker machen hieß die Devise, erst einmal den anderen erzählen, was ihn bewegte. Langsam und bedächtig, so langsam und bedächtig wie er putzig entlang seines Weges gelaufen war, als plötzlich ...die Idee kam. Die Drachen versammelten sich. Auf allen möglichen Felsen, die die Stätte umgaben, konnte man die Drachen miteinander sitzen sehen. Sie schauten alle in die Mitte des Platzes, stellten ihre Lauscher auf, und auf seine putzige Weise erzählte der Drache den vielen anderen von der Vision, die er gehabt hatte. Erwartungsvoll, interessiert, und etwas verwundert darüber, was die fiepige Stimme ihnen zu erzählen hatte, hörten die Drachen dem Drachen zu, der erst putzig herumlief, dann jedoch drollig und aufgeregt mit seinen Flügeln flatterte, während er sagte:

„Ich will fliiiiegen! Hoch in die Luft, durch das Wasser, so wie durch das Wasser durch das Meer, von dem Meer durch die Flüsse, in die Seen, in dem See möchte ich die Eindrücke der Liebe spüren, die Wärme, die mich umgibt, die Freude, die Liebe, die Umgebung, alles, was mir hier fehlt, während ich putzig durch die Gegend laufe und nur manchmal fliege. Ich will fliiiiegen! Weit, nach oben, nach unten, in alle Richtungen. Durch die Luft, durch das Wasser, durch die Erde, durch das Universum und dessen Sterne. Von einem Ort zum anderen. Wie ist das

möglich?", und er machte mit seiner goldigen Stimme so weiter, bis er die Frage in den Raum stellte, ob es denn nicht möglich sei, eine Erfindung zu besitzen, die es ihm ermöglichen würde durch alle Gegenden immer weiter zu fliegen. *„Ich will fliiiiegen!"*, das war die Aussage, an die sich viele Drachen auch noch viel später erinnerten. Viel, viel später. Nachdem der Drache seine Erzählung über seine Erfindung beendet hatte und die anderen wieder ihre Lauscherchen nach unten gestellt hatten, stellte sich ein langer Zeitraum der Fantasie ein, die plötzlich von den Drachen Besitz ergriff. Manche von ihnen zeichneten vergnügt eine Maschine in die Luft, wie sie sie sich vorstellten. Einige zeichneten sie motiviert so groß wie die Vulkane, die sie aus ihrer jeweiligen Höhe wahrgenommen hatten. Das erinnerte eher an ein Maschinchen. Andere dachten an eine großartige Maschine, die die verändernde Leuchtkraft aller fliegenden Vorstellungen überträfe, würde sie wahr werden. Den verlorenen Gedanken jedoch hatten sie innerhalb der Atmosphäre des Planeten noch nicht angetroffen. Es sei nicht wichtig, wie lange sie ihre Träume in die Luft projezieren und über ihre Pläne nachdenken würden. Vielleicht würden sie Jahre benötigen, vielleicht nur Stunden. Nachdem der Drache noch einige mal entlang der Hügel der vielen Vulkane gelaufen und so laut *„ich will flieeeegen"* gerufen hatte, dass es überall gehört wurde, hatten die anderen Drachen immer noch keine richtig gute Idee, woraus ihre Maschine bestehen müsse, damit sie nicht länger nur eine in die Luft projizierte Idee sei. Die Idee von der Maschine schien sich in der Luft zu verlieren, doch jedes mal, wenn die Drachen dabei waren aufzugeben, fiepte der Drache putzig durch die Gegend. Und das brachte die Drachen dazu, sich immer wieder mit einer Entwicklung zu beschäftigen, die eines Tages die Farbe der Drachenmurmel verändern würde. Jeden Tag unterhielten sich die gelandeten Drachen immer länger auf ihre kühle und lockere Art und Weise darüber, wie sie ihre Stätte herausputzen könnten. Wie ist es möglich, dass die Idee des Drachen, leichter als jemals zuvor fliegen zu können, verwirklicht werden kann?

Als jeder Drache für sich schweigsam und nachdenklich über die Lösung nachdachte, hörten sie plötzlich ein Geräusch. Sie schauten hoch, und als sie so in die Dunkelheit blickten, sahen sie zwischen den vielen Sternen etwas Unbekanntes. Langsam konnten sie im roten Lichte der glühenden Lava erkennen, was da auf sie zukam. Es war etwas, das eine unbestimmte Menge an Aufmerksamkeit auf sich zog: Ein erfahrener, weitsichtiger Drachen, der gerade erst aufgestanden und aus seiner gemütlichen Höhle gekrochen war. Er war schon einige male entspannt über dem Drachenort entlang geflogen um zu schauen, wie putzig sich die vielen Drachen über ihre Ideen unterhielten. Diesmal hatte er einen guten Moment erwischt, denn nun waren die Drachen an ihrer Stätte bereit, sich mit den Ideen des alten Drachens an ihrer Stätte zu befassen, so wie niemals zuvor. Der weise Drache war der Beschützer der roten, mit Lava eingefärbten Drachenmurmel. Er schwamm vergnügt in einem blauen See und lebte schon immer in einer dunklen Höhle unter der Erdoberfläche. Wenn er aus seiner Höhle herauskroch, konnte man sein blaues Aussehen vor dem sternenklaren, dunklen Hintergrund wahrnehmen. Der blaue Drache war manchmal öfters außerhalb seiner Höhle zugange. Doch wurde die Drachenmurmel so wenig angeschienen, dass es für ihn normal war, dass er nicht gesehen werden konnte. Außer, er spie Feuer in die Luft, um sich ein wenig zu orientieren, so wie gerade, als er galant über die Drachenstätte flog. Im Lichte der roten Lava färbte sich seine blaue Farbe zu grün, und für einige Zeit kreiste der alte Drache entlang der Stätte, die vor Erstaunen ein heller Ort wurde, als immer mehr Drachen nach oben in die Lüfte schauten, und Feuer spien. Nun hatte der weise Drache die verborgene Stätte der Drachen entdeckt. Die letzten male hatte er die Drachen zwischen roten, Feuer speienden Vulkanen darüber nachdenken sehen, wie schnell sie wohl bald ihre Erfindung umsetzen würden. Dabei konnte er folgendes erkennen:

- Pfoten, die in die Luft lustige Zeichnungen hinein zu machen schienen. Kreisförmig. Viereckig. Linear. Rund. Dreiecke, die sich überschnitten.
- Pfoten, die immer, sobald das Licht aufflackerte, ihren Glanz vor den anderen Drachen verbreitete. Das rote Licht wurde heller. Und dann: Dunkelheit.
- Flügel, die Schutz spendeten, sobald die Drachen ihren warmen Ort verließen.
- Flügel, die so groß waren, dass sie sich weit in der Ferne ausbreiteten. Große Flügel, wollten sie weit fliegen, kleine Flügel, wollten sie nur ein wenig fliegen.
- Drachen, die nach oben schauten, sich aktiv und munter herum bewegten und unterhielten. Mit Flügeln lustige Zeichnungen in die Ferne zeichneten.

Als dem alten Drachen all das zu doof wurde, verschwand er wieder in der Unendlichkeit des Himmels. Sein Schatten wurde immer kleiner, während sich der Planet drehte und alles so sein würde, wie es schon immer gewesen war. Doch dann geschah etwas. Kurz bevor der weise Drache völlig aus dem Sichtfeld der anderen verschwunden war, entschieden sich die vielen Drachen an ihrer Stätte dazu, hoch in die Luft zu fliegen, um ihn zu ihrem Drachenort zurück zu befördern. Ihr Lockmittel? Die lockere Atmosphäre, um die sich der kleine Drache während putzmunterer Zeiten auf dem Planeten gekümmert hatte. Die Drachen nahmen langsam Anlauf, zogen ihre Flügel hinter sich her, während sie langsam zu rennen anfingen. Als sie unter Verwendung ihrer Pfoten Anlauf nahmen, bewegten sie langsam ihre galanten Flügel hin und her. Sie balancierten sich dabei aus, wurden schneller, und als sie schnell genug waren, brauchten sie nur noch einen kleinen Sprung zu machen. Schwupps. Schon waren sie mit einer unglaublichen Geschwindigkeit hinter dem alten Drachen her, der so gemütlich mit seinen beiden Flügeln hin und her flog. Entspannt wie der Wind tauchte er in die Dunkelheit ein, langsam holten sie ihn ein, bis er ihnen so nahe gekommen war, dass sie ihn endlich wieder sehen konnten und zu ihrer Drachenstätte einladen konnten. *„Habt Ihr noch nicht gelernt, wie Ihr schnell in die Lüfte starten könnt?"*, fragte er, nickte fröhlich und meinte dann nur: *„Ich starte immer von einer kleinen Anhöhe, breite meine Flügel aus und lasse mich einfach vom Wind tragen, sobald ich mich in die Lüfte schwinge"*. Erfreut darüber an diesem Abend noch etwas zu erleben, landete der weise Drache, und hinter ihm die anderen Drachen. Während er ein wenig aus seiner unendlich scheinenden Lebenserfahrung preisgab, schaute er mit weit geöffneten Augen hoch nach oben, so als ob dort oben die Geheimnisse der Drachenmurmel verborgen seien. Viele Erfahrungen habe er schon hinter sich, und das wurde das Thema, worüber sich die Drachen unterhielten. Durch die Vulkane wurden sie in ein rotes Licht eingetaucht. Manchmal konnte ein lautes Grummeln in der Ferne vernommen werden, und das Zischen der Vulkane erhellte die Atmosphäre.

Er war schon immer der Drache gewesen, der die rote Drachenmurmel beschützt hatte. Schon viele Orte habe er kennengelernt. Derzeit sei die rote Drachenmurmel in einer Phase völliger Auflösung begriffen, der Planet war vor langer Zeit einmal blau eingefärbt gewesen. Nun sei nur noch die Höhle, in die er sich manchmal zurückzog, von dieser entspannenden Farbe gekennzeichnet. Nach hitzigen Nächten, während er durch die Nächte geflogen war, sei es immer wieder angenehm, sich in seiner Tropfsteinhöhle zurückzuziehen, um von Wänden umgeben seinen sprudelnden See zu genießen und darin zu schwimmen. Der weise Drache erzählte den anderen Drachen über die Tiere, die vor langem einmal auf dem Planeten gelebt hatten. Er erzählte ihnen, weshalb sie vor langem den Planeten verlassen hatten. Er erzählte ihnen etwas über die anderen Sterne und seine Erfahrungen, die er gemacht hatte, während er als junger Drache andere Planeten besucht hatte. Er erzählte ihnen etwas über die Drachenstätte und die Besucher, die ihn vorher schon besucht hätten. Nachdem er den ersten Teil seines Wissens preisgegeben hatte, fragten die anderen Drachen ihn, was sie benötigen würden, um ihre Drachenstätte zu einem Ort zu verwandeln, an dem sie niemals wieder mit ihren schweren Flügeln anstrengend in die Luft starten bräuchten, um putzig von einem Ort zum anderen zu fliegen. Nachdem der weise Drache für eine Weile in die Sterne geschaut hatte, schüttelte er nur den Kopf, schaute vorsichtig alle Drachen an, und dann lächelte er: Sie benötigten keine einfache Maschine, nein, sie bräuchten eine Art Skybeamer, den sie auf ihren Rücken schnallen könnten. Der Skybeamer würde so hübsch aussehen und eine solche Leuchtkraft hinter den Drachen herziehen, dass er nicht nur modisch aussah, sondern auch gerne getragen werden würde. Schon aus der Ferne würde jeder Drache den Anderen erkennen, und man könne das Licht mit unterschiedlichen Farbnuancen auflockern. Man würde sich Kolorationen aussuchen können, die von vornherein festlegen würden, wie sich die anderen Drachen gegenüber den Anderen verhalten würden. Die Farben der Skybeamer und die Muster, die sie in die Ferne tragen würden, würden als Erkennungszeichen für andere dienen, um von weitem schon zu erkennen, ob das der Drache sei, den sie vor sich fliegend vermuteten.

Jeder der Drachen würde sich den Skybeamer seiner Lieblingsfarbe und seines Lieblingsmusters gerne auf den Rücken schnallen. Es würde viel Spaß machen. Mysteriös umwarb der weise Drache seine Erfindung.

Eine Sternschnuppe landete irgendwo und prallte in der Ferne auf. Ein weiteres Zischen unterbrach die Atmosphäre, und die Dunkelheit wurde von einem roten Licht erleuchtet. Schließlich warnte der weise Drache die anderen: Durch den Skybeamer würde ihre naturgegebene Fähigkeit, mit ihren Flügeln von einem Ort zum anderen zu fliegen, wie vom Erdboden verschluckt verschwinden. Sobald die Maschine ihnen die Arbeit abnehmen würde, würde es keinen fliegenden Drachen mehr geben, der seinen Nachfahren beibringen würde, wie man zu fliegen hat. All die Drachen würden zukünftig viel zu faul sein, um das Fliegen zu erlernen.

Sobald die Maschine auf dem Rücken des Drachen womöglich ausfiele, würden alle Drachen auf ihrer

Drachenmurmel hilflos an dem Ort festgebunden und orientierungslos in der Dunkelheit herumwandern, wo sie für das letzte mal in ihrem Leben so hell gelandet seien wie noch nie zuvor, dort, zwischen den Vulkanen, die die Umgebung die Nächte und Tage über beleuchteten. Sie würden ohne Maschine niemals wieder von einem Planeten zu einem anderen Planeten fliegen können. Sie würden sich niemals wieder an das Gefühl, wie es war mit ihren Flügeln durch die Universen und entlang der Planetenoberflächen zu fliegen, erinnern.

Immer, nachdem der weise Drache mit seinen leichten Flügeln sanft an seinem Drachenort gelandet war und er den anderen Drachen zugehört hatte, berichtete er ihnen darüber, wie sehr er sich über die Gefährlichkeit des Skybeamers Gedanken mache. Doch die Drachen schmiedeten schon an ihrer Erfindung, waren zu erstaunt von den Ansichten, die der Drache vertrat. Nun müsse sich niemand mehr darüber Gedanken machen, wie er aussah oder was er tat, sondern nur noch darüber, welche Farbe er für seinen Skybeamer gewählt hatte. Wenn der Skybeamer die Drachen rauschend durch die Luft beförderte, würden Lichtstreifen während klarer Sternenhimmel in der Luft sichtbar sein, die Muster bilden würden. Die Drachen hatten sich in die Idee, eine solche Maschine zu konstruieren, verbissen. Sie hörten dem weisen Drachen mit seinen Warnungen nicht mehr zu und hatten schon längst vergessen, was er damals gemeint hatte, als er mit ihnen sprach. Es würde jeder vergessen, was die alten Drachenmythen der Stätte bedeuteten, welche Schwierigkeiten sich durch die Farbgebungen der Skybeamer ergeben würden oder einfach nur, was es bedeutete, ganz natürlich herumzufliegen und sich der eigenen Schwerkraft zu erfreuen. Doch der alte Drache war weise, und wusste, dass er mit der Weitergabe seiner Ideen mehr Gutes als Schlechtes erschaffen würde. Er schaute den Anderen aus der Ferne zu, und langsam begann die Fertigstellung von etwas, das alles mit einer Idee eines putzigen Drachen begonnen hatte. Das Licht strahlte in der Ferne, während sich die Drachen an die Konstruktion des von dem Drachen beschriebenen Maschinchens begaben. Als der alte, weise Drache feststellte, dass die Drachen uneinsichtig waren und zu sehr von ihrer Idee besessen waren, um jemals über eigene Ansichten nachzudenken, setzte sich der Drache neben die vielen Drachen und schmollte ein wenig. Dann hatte er plötzlich die ausgefallene Idee ein Märchen zu schreiben, um den vielen Drachen auf der Drachenmurmel bildlich vor Augen zu führen, was mit ihnen geschehen würde, würden sie bald das Fliegen verlernen und sich nur noch auf ihre Erfindung, die farbenprächtige Maschine, mit der sie durch die Luft fliegen würden, konzentrieren. Es war das erste Märchen auf der schönsten und roten Drachenmurmel, das geschrieben wurde. Sie war eine von Milliarden von Drachenmurmeln, die es gab. Viele von ihnen ähnelten sich sehr, auf manchen von liefen sogar sich ähnelnde Drachen herum. Manche Drachen hatten schon erkannt, dass künstliche Erfindungen nichts brachten. Andere mussten erst lernen, wie man mit ihnen umzugehen hatte. Ganz andere mussten erst die Erfahrung machen, was für einen Eingriff sie an ihrer eigenen Natur begangen. Doch die Drachen, die von ihrer Idee so sehr besessen waren, lasen das erste Märchen der Drachenmurmel nicht. Die Drachen, denen er damals von der Idee des Skybeamer erzählte, verfolgten bald die komische Idee, nur noch Drachen, die einen Skybeamer auf ihrem Rücken trugen, fliegen zu lassen. Als sie ihren Skybeamer fertig gebaut hatten, verlernte der weise Drache plötzlich zu fliegen. Er versuchte, in die Höhe zu flattern, doch es gelang ihm nicht. Er überlegte sich, weshalb das so war, und dann war ihm klar: Es war die Schwerkraft. Von einem Tag auf den anderen hatte die Schwerkraft auf der blauen Drachenmurmel des Drachen zugenommen, und alle Drachen, die keine Maschine auf ihren Rücken geschnallt hatten, fühlten sich bald zu schwer, um frei wie ein Vogel von einem Ort zum anderen zu fliegen. Der alte Drache verbrachte sein restliches Leben zurückgezogen und alleine in einer unglücklicherweise unbekannten Höhle, die sich immer noch auf der Drachenmurmel befindet.

Er hätte niemals gedacht, dass es möglich sei, dass er eines Tages nicht mehr fliegen könnte. Er fühlte sich hilflos und mutterseelenallein gelassen. Er fing an, seine eigene Geschichte aufzuschreiben. Der alte Drache wollte den anderen ein Gefühl dafür geben, wie einzigartig alles Leben auf dem Planeten war. Anscheinend hatten sie vor lauter Technologie- begeisterung vergessen, wie nützlich ihnen die Stätte sein könnte, um sie vor den brodelnden Vulkanen zu beschützen. Die Vulkane machten das Leben auf dem Planeten spannender. Sie hatten vor lauter Technolo- giebegeisterung vergessen, wie sie Leben erhalten könnten, anstatt es durch Skybeamer noch schneller zu zerstören. Der alte Drache wollte den anderen ein Gefühl dafür geben, wie unverständlich es war, dass die anderen Drachen ohne ihre Flügel durch die Luft fliegen wollten um damit noch schneller als zuvor eine Entwicklung hervorzurufen, die sie gedankenlos Maschinen in die Luft zeichnen ließ, von deren wahren Folgen sie keine Ahnung hatten. Das Märchen, das der alte, weise Drache nun mit neuen Ideen ausschmückte, wurde das Märchen über einen lustigen, putzigen und zugleich verspielten Drachen, der noch viel putziger war als der Drache, der während seines Herumlaufens die Idee für eine scheinbar nützliche Flugmaschine hatte.

Dieses Märchen halten nun Sie in der Hand. So wie Sie hielt ebenfalls der weise Drache es in der Hand, als er es während seiner grauen Vorzeit schrieb. Während er las, erinnerte er sich an seine Eindrücke, Gefühle, Emotionen und Bindeglieder seines Lebens zurück. Er wollte anderen die Augen öffnen, damit sie auf ihr Herzen hören würden, ohne dabei mit dem Verstand das auszuklammern, was ihnen keine Freude spenden würde.

Vor langer Zeit, noch bevor die Menschen auf dieser Erde anfingen zu laufen, hatte der weise, fliegende Drache sich dieses Märchen ausgedacht und uns dadurch das Wissen über einen kleinen Ausschnitt eines möglichen Drachenleben auf einer längst vergangenen Drachenmurmel hinterlassen, die gerade ihr Ende der Geschichte schrieb. Der alte Drache wollte seine früheren Freunde an der roten Drachenstätte inspirieren. Er wollte ihnen Möglichkeiten geben über das, was spätere Generationen womöglich als großen Irrtum betrachten würden, nachzudenken. Der alte Drache war weitsichtig, und er konnte sich in Bilder hineinleben. Die jungen Drachen waren die spätere Generation. Sie hatte den Glauben an sich selbst und die Flügel der Drachen schon längst aufgegeben, als sie den Skybeamer verbissen zu konstruieren anfingen. Sie sahen überall nur noch Skybeamer. In Vulkanen, in den Sternen, auf ihnen, da, wo einmal das gewesen war, was sie aufgrund der Traditionen ihrer Vorfahren, die es ihnen gleichtaten, gesucht hatten. Uns Menschen wollte der weitsichtige Drache vor einer ähnlichen Situation wie der seinigen bewahren. Auf der heutigen Erde sollte uns nicht im Geringsten das zustoßen, was mit den alten und jungen Drachen auf der damaligen Drachenmurmel geschehen war.

Viele Drachen wussten, dass erst geschriebene Wörter dazu in der Lage sein würden, die Menschheit vor ihrem Untergang zu retten, sie ihre menschliche Natur begreifen zu lassen und verstehen zu lernen, was der weise, naturverbundene Drache schon damals gewusst und prophezeit hatte. Da keiner der jungen Drachen mehr von dem alten Drachen wusste, wusste bald niemand mehr, wie schön und gesund es ursprünglich war, ganz natürlich ohne Maschine zu fliegen, nur mit Hilfe des Windes und den leichten Flügeln, die die vielen Drachen vor langer Vorzeit einmal durch die Luft bewegte. Kein junger Drache konnte und wollte mehr den alten Drachen in seiner Höhle besuchen. Die Maschinen auf den Rücken der jungen Drachen sorgte dafür, dass sie von keinem Drachen kritisiert werden konnte. Jeder Drache, der auch nur auf die Idee kam, zu kritisieren, wurde zu dem Drachenort zwischen den vielen Vulkanen gebracht. Die Maschine wurde ihnen vom Rücken geschnallt, damit sie nicht von der Stätte entfliehen konnten.

Über tausende von Jahren haben sich kleine Engel, mitsamt eines putzigen Drachens, die Mühe gemacht, die Geschichte an die Tiere in all den Wäldern weiterzugeben, damit so etwas niemals wieder geschehen würde können. Eines Tages verwandelten sich die Engel aufgrund einer Evolution, die langsam im Universum geschah, zu Feldern, deren Feldinformationen sich auf magische Art in Buchstaben auf schön anzuschauenden Blättern zusammenzogen. Es hängt von uns ab, ob wir Menschen im Gegensatz zu den anderen Drachen die Geschichte des weisen Drachen mit all seinen Einsichten und Ideen, die uns Inspiration zu unserem

Leben liefern kann, begreifen werden. Wer weiß, vielleicht werden Forscher eines Tages dank anderer, aufgespürter Felder seinen Geist in einer der unerforschten Höhlen oder Wälder entdecken und erkennen, wie wahr doch die Nachricht war, die er uns samt ausgiebiger Kommentare hinterlassen hat. Der alte Drache war ein verspielter, glücklicher Drache, der sich selbst genauso sehr wie die anderen Tiere liebte. Obwohl er so weitsichtig war, war er sehr an allem, das ihm begegnete, interessiert. Hätte der alte Drache die anderen Drachen nicht so weise und interessiert angesehen, hätten die jungen Drachen ihn niemals gebeten, ihnen Konstruktionspläne für einen Skybeamer zu liefern, der ihnen hoch und heilig das Gefühl geben würde, ohne Anstrengungen von einem Ort zum anderen zu fliegen. Die Drachen wussten zwar, dass es nur ein kurzweiliges Vergnügen werden würde, sie waren damit einverstanden – ohne Rettungsmöglichkeiten vor ihrer eigenen Konstruktion bereitzuhalten. Der Drache lebte unglücklich in seiner Höhle voller Wasser, seitdem die Schwerkraft auf dem Planeten zugenommen hatte. Doch wusste er, dass sein Märchen eines Tages von Menschen gelesen werden würden, die die Symbolik seines Lebens verstehen würden. Die Symbolik der Hoffnung auf Liebe, Freude und ein Verlangen nach Mehr, wie es unglaublich erscheint. Eines morgens krabbelte der weise Drache aus seiner Höhle, und plötzlich war alles so, wie es schon immer gewesen war. Die Sonne schien, die Wege waren unendlich, er war glücklich... und dies ist, wo das Märchen beginnt.

Charaktere

Hauptrollen in zeitlicher Reihenfolge:

- Babby - der Drache, der immer auf den Wegen zu seinen Regenbögen ist
- Archy - das Einhorn, das den Weg der „Suche nach ihrer Sonne" beschreitet
- Summody - Unentschiedene auf der Suche nach einer verwechslungsreichen Affäre
- Aragon - der Zauberer, der mit seinem Stab sogar Steine verwandeln kann
- Mundee - eine Meerjungfrau
- Pallitchy - ein weiser, wirklich bewundernswerter Philosoph

Nebenrollen in zeitlicher Reihenfolge, so wie Statisten auftreten, wenn sie es tun:

- Eule - ist eine Rechnerin, die es liebt sich an der Landkartenhalterung festzukrallen
- Lichtwesen - das Lebewesen reiste schneller als Licht durch alle Galaxien auf einmal
- Hahn - der Hahn kann laut kikerikii machen um viele Hühnchen anzulocken
- Coopa - ein Entsender, der in diesem Märchen für mehr als nur ein Luftschloss steht
- fliegende Fische - bewegen sich von einem Ort zum anderen
- Frau Sehnsucht - liebte Alles
- weiser Drache - hatte sich vor langem einmal dieses Märchen ausgedacht

...Sowie Vögel, Einhörner, Engel, Humpty Dumptys, zwei Eichhörnchen, ein kleines Einhorn, ein Teppichflieger...